麦克佩斯

（今译为《麦克白》）

【英】莎士比亚 著

朱生豪 译 / 朱尚刚 审订

中国青年出版社

献　辞

谨以此书献给

父亲朱生豪诞辰 100 周年！

——朱尚刚

本书系

朱尚刚先生推荐的

莎士比亚戏剧朱生豪原译本

目录

出版说明

莎士比亚戏剧朱生豪原译本
珍藏全集

　　"莎士比亚戏剧朱生豪原译本珍藏全集"丛书，其中27部是根据1947年（民国三十六年）世界书局出版、朱生豪翻译的《莎士比亚戏剧全集》（三卷本）原文，四部历史剧（《约翰王》、《理查二世的悲剧》、《亨利四世前篇》、《亨利四世后篇》）是借鉴1954年作家出版社出版、朱生豪翻译的《莎士比亚戏剧集》（十二），同时参考其手稿出版的。

　　朱生豪翻译莎士比亚戏剧以"保持原作之神韵"为首要宗旨。他的译作也的确实现了这个宗旨，以其流畅的译笔、华赡的文采，保持了原作的神韵，传达了莎剧的气派，被誉为翻译文学的杰作，至今仍受到读者的热烈欢迎和学界的高度评价。许渊冲曾评价说，二十世纪我国翻译界可以传世的名译有三部：朱生豪的《莎士比亚全集》、傅雷的《巴尔扎克选集》和杨必的《名利场》。

　　于是，朱生豪译本成为市场上流通最广的莎剧图书，发行量达数千万册。但鲜为人知的是，目前市场上有几十种朱译莎剧的版本，虽然都写着"朱生豪译"，但所依据的大多是人民文学出版社1978年的"校订本"——上世纪60年代初期，人民文学出版社组织一批国内一流专家对朱生豪原译本进行校订和补译，1978年出版成"校订本"——经校订的朱译莎剧无疑是对原译本的改善，但在某种意义上来说，校订者和原译者的思维定式和语言习惯不同，因此经校订后的译文在语言风格的一致性等方面受到了影响，还有学者对某些修改之处也提出存疑，尤其是以"职业翻译家"的思维方式，去校订和补译"文学家翻译"的译本语言，不但改变了朱生豪原译之味道，也可能在一定程度上影响了莎剧"原作之神韵"的保持。

当流行的朱译莎剧都是"被校订"的朱生豪译本时，时下读者鲜知人文校订版和"朱生豪原译本"的差别，错把冯京当马凉，几乎和本色的朱生豪译作失之交臂。因此，近年来不乏有识之士呼吁：还原朱生豪原译之味道，保持莎剧原作之神韵。

中国青年出版社根据朱生豪后人朱尚刚先生推荐的原译版本，对照朱生豪翻译手稿进行审订，还原成能体现朱生豪原译风格、再现朱译莎剧文学神韵的"原译本"系列，让读者能看到一个本色的朱生豪译本（包括他的错漏之处）。

　　1947年（民国三十六年），世界书局首次出版朱生豪译的《莎士比亚戏剧全集》时，曾计划先行出版"单行本"系列，朱生豪夫人宋清如女士还为此专门撰写了"单行本序"，后因直接出版了三卷本的"全集"，未出单行本而未采用。2012年，朱生豪诞辰100周年之际，经朱尚刚先生授权，以宋清如"单行本序"为开篇，中国青年出版社"第一次"把朱生豪原译的31部莎剧都单独以"原译名"成书出版，制作成"单行本珍藏全集"。

　　谨以此向"译界楷模"朱生豪100周年诞辰献上我们的一份情意！

2012年8月

《莎剧解读》序（节选）

我们在翻译中，首先碰到的问题就是评论中所引用的莎士比亚原文，究竟由我们自己翻译出来，还是借用接任已有的翻译。我们决定借用别人的译文。当时译出的莎剧已经不少，译者大多都是名家，但我们毫不迟疑地选择了朱生豪的译本。朱的译本于抗战时期在世界书局出版，装订为三厚册。他翻译此书时，年仅三十多岁。他不顾当时环境艰苦，条件简陋，以极大的毅力和热忱，完成了这项难度极高的巨大工程，真是令人可敬可服。一九五四年，人民文学出版社将它再版重印，分为十二册，文字没有作什么更动，只是将有些剧本的名字改得朴素一点。我们在翻译莎剧评论时，所援引的原著译文就是根据这一版本。当时我见到主持出版社工作的老友适夷，对他说，他办了一件好事。不料后来，出版社却把这一版本停了，改出新的版本。新版本补充了朱生豪未译的几个历史剧，而对朱译的其他各剧，则请人再据原文校改。校改者虽然大多尊重原译，但是在个别文字上也作了不少订正。从个别字汇来看，不能说这些订正不对，校改者所订正的某些字，确实比原译更确切。但从整体来看，还有原译的精神面貌问题，即传神达旨的问题必须加以考虑。拘泥原著每个字的准确性，不一定就更能传达原著的总体精神面貌。相反，有时甚至可能会损害原著的整体精神。我国古代文论中，刘勰有所谓"谨发而易貌"的说法，即是指此。这意思是说，画家倘拘泥于去画人的每根头发，反而是会使人的面貌走样。汤用彤曾说魏晋识鉴在神明。从那时起我国审美趣味十分重视传神达旨。刘知几《史通》区分了貌同心异与貌异心同两种不同的模拟，认为前者为下，后者为上，也是阐明同一道理。过去我们的翻译理论强调直译，这在一定时期（或在纠正不负责任随心所欲的意译之风时）是必要的，但如果强调过头，忽略传神达旨的重要，那也成为另一种一偏之见了。朱译在传神达旨上可以说是首屈一指的，所以我们翻译莎剧评论引用原剧文字时，仍用未经动过的朱译。我们准备这样做也得到了满涛的同意。后来他在翻译中倘遇到莎剧文字，也同样援用一九五四年出的朱译本子。直到后来，我才知道，朱生豪和我少年时代的老师任铭善先生是大学的同学而且友善，二人在校时即同组诗社唱和。有趣的是任先生学的是外文，后来却弃外文而专攻国学；而朱生豪在校时，读的是中文，后来却弃中文而投身莎士比亚的翻译。朱的译文，不仅优美流畅，而且在韵味、音调、气势、节奏种种行文微妙处，莫不令人击节赞赏，是我读到莎剧中译的最好译文，迄今尚无出其右者。

（此部分摘录自歌德等著，张可、王元化译的《莎剧解读》，经王元化家属桂碧清女士特别授权使用。）

莎氏剧集单行本序[①]

盖惟意志坚强，识见卓越之士，为能刻苦淬砺，历艰难而不退，守困穷而不移，然后成其功遂其业。吾于生豪之译莎氏剧本全集，亦不得不云然。余识生豪久，知生豪深，洞悉其译莎剧之始末。且大部之成，余常侍其左右，故每念其沥尽心血，未及完工，竟以身殉，恒不自禁其哀怨之切也。

生豪秀水人，幼具异禀，早失怙恃，性情温和若女子。然意志刚强，识见卓越，平生无嗜好，洁身自爱，不屑略涉非礼，颇有伯夷之风。年十八卒业于邑之秀州中学，入杭州之江大学工国文英文两科，师友皆目为杰出之人才。卒业后于世界书局任英文编辑，每公事毕辄浏览群书，尤嗜诗歌。后乃悉心研究莎氏剧本，从事移植。尝谓莎翁著作足以冠盖千古，超越千古，而我国至今尚无全集之译本，诚足令人齿

---

① 1947 年世界书局曾经考虑在出版三卷本的《莎士比亚戏剧全集》前先出系列单行本，为此宋清如女士专门拟写了序。后来世界书局没有出单行本，直接出全集了，这篇序也就没有采用。经朱尚刚先生授权，首次在珍藏版莎士比亚戏剧系列单行本上独家采用。——编者注

冷。余决勉为其难，一洗此耻。其译作之经过，略见于其自序。厥后因用心过度，精神日损而贫困日甚。译事伤其神，国事家事短其气，而孜孜矻矻工作益勤，操心益苦。不幸竟于三十三年六月肺疾加剧，委顿床席，奔走无方，医药不继，终致于十二月廿六日未时谢世，年仅三十又四[①]。莎剧全集尚缺五本又半，抱志未酬，哀哉痛哉！

生豪喜诗歌，早年著作均失于战火。尝自辑其旧体诗歌，釐为四卷，分歌行、漫越、长短句及译诗，而命之谓《古梦集》。新体诗则有《小溪集》、《丁香集》等。皆于中美日报馆被占时失去。今所存仅少数新诗耳。

自致力译莎工作以后，绝少写作。良以莎翁作品使之心醉神往，反觉己之粗疏浅陋，不能自惬于怀。尝拟于莎剧全集译竣而后，再译莎翁十四行诗。不意大业未就，遽而弃世。才人命蹇，诚何痛惜！生豪于中国诗人中，酷爱渊明，盖其恬淡之性，殊多同趣也。至于译笔之优劣短长，自有公论，余不欲以偏见淆其面目也。

[①] 朱生豪生于 1912 年 2 月（阴历为壬子年 12 月），1944 年 12 月去世，去世时是 32 周岁，但若按阴历虚岁计算的话，就是 34 岁。——编者注

剧中人物

邓根——苏格兰国王

玛尔康 ⎫
　　　 ⎬——邓根之了
唐纳本 ⎭

麦克佩斯 ⎫
　　　　 ⎬——苏格兰军中大将
班戈 ⎭

迈克特夫 ⎫
　　　　
凌诺克斯
　　　　
洛斯 ⎬——苏格兰贵族
　　　　
孟底士
　　　　
安格斯
　　　　
凯士纳斯 ⎭

弗利安斯——班戈之子

薛华特——诺腾勃兰伯爵，英国军中大将

小薛华特——薛华特之子

西登——麦克佩斯的侍臣

迈克特夫的幼子

一英国医士

一苏格兰医士

一军曹

一司阍

一老人

麦克佩斯夫人

迈克特夫夫人

麦克佩斯夫人的侍女

赫凯娣及三女巫

贵族，绅士，将领，军士，刺客，侍从，及使者等

班戈鬼魂，及其他幽灵等

地点

苏格兰；英国

第 一 幕

你希望做一个伟大的人物，你不是没有野心，可是你却缺少和那种野心相联属的奸恶。

第一场　荒野

【雷电。三女巫上。

女巫甲　何时姊妹再相逢，

　　　　雷电轰轰雨濛濛？

女巫乙　且等烽烟静四陲，

　　　　败军高奏凯歌回。

女巫丙　半山夕照尚含辉。

女巫甲　何处相逢？

女巫乙　荒野遇。

三女巫合　麦克佩斯由此去。

　　　　美即丑恶丑即美，

　　　　翱翔毒雾妖云里。（同下）

第二场 　福累斯附近的营地

【内号角声。邓根王，玛尔康，唐纳本，凌诺克斯，

及侍从等上，与一流血之军曹相遇。

邓　　那个流血的人是谁？看他的样子，也许可以向我们

报告关于乱事的最近的消息。

玛　　这就是那个奋勇苦战帮助我冲出敌人重围的军曹。

祝福，勇敢的朋友！把你离开战场以前的战况报告

王上。

军曹　双方还在胜负未决之中；正像两个精疲力竭的游泳

者，彼此扭成一团，显不出他们的本领来。那残暴

的麦克唐华特不愧为一个叛徒，因为无数奸恶的天

性都丛集于他的一身；他已经征调了西方各岛上的

轻重步兵，命运也好像一个娼妓一样，有意向叛徒

卖弄风情，助长他的罪恶的气焰。可是这一切都无

能为力，因为英勇的麦克佩斯不以命运的喜怒为意；

挥舞着他的血腥的宝剑，一路砍杀过去，直到了那

奴才的面前，也不打一句话，就挺剑从他的肚脐上

刺了进去，把他的胸膛划破，一直划到下巴上；他的头已经割下来挂在我们的城楼上了。

邓　　啊，英勇的壮士！

军曹　天有不测风云，我们正在兴高彩烈的时候，却又遭遇了重大的打击。听着，陛下，听着：当正义凭着勇气的威力，正在驱逐敌军向后溃退的时候，挪威国君看见有机可乘，调了一批甲械精良的生力部队又向我们开始一次新的猛攻。

邓　　我们的将军们，麦克佩斯和班戈有没有因此而气馁？

军曹　是的，要是麻雀能使怒鹰却退，兔子能把雄狮吓走的话。实实在在的说，他们就像两尊巨炮，满装着双倍火力的炮弹，愈发愈猛地向敌人射击；瞧他们的神气，好像拼着浴血负创，非让尸骸铺满了原野，决不罢手似的。可是我的气力已经不济了，我的伤口需要医治。

邓　　你的叙述和你的伤口一样，都表现出一个战士的精神。来，把他送到军医那儿去。（侍从扶军曹下）

【洛斯上。

邓　谁来啦？

玛　尊贵的洛斯爵士。

凌　他的眼睛里露出多么慌张的神色！好像要说些什么古怪的事情似的。

洛　上帝保佑吾王！

邓　爵士，你是从什么地方来的？

洛　从费辅来，陛下；挪威的旌旗在那边的天空招展，把一阵寒风搧进了我们人民的心里。挪威国君亲自率领了大队人马，靠着那个最奸恶的叛徒考特爵士的帮助，开始了一场惨酷的血战；直到麦克佩斯擐甲而前，和他奋勇交锋，方才挫折了他的傲气；胜利终于属我们所有。——

邓　好大的幸运！

洛　现在史威诺，挪威的国王，已经向我们求和了；我们责令他在圣戈姆小岛上缴纳一万块钱充入我们的国库，否则不让他把战死的将士埋葬。

邓　我们不能再让考特爵士泄漏我们的秘密。把他立刻宣布死刑，他的原来的爵位移赠麦克佩斯。

洛　我就去执行陛下的旨意。

邓　他所失去的，也就是尊贵的麦克佩斯所得到的。

　　　（同下）

第三场　荒野

【雷鸣。三女巫上。

女巫甲　　妹妹，你从那儿来？

女巫乙　　我刚杀了猪来。

女巫丙　　姊姊，你从那儿来？

女巫甲　　一个水手的妻子坐在那儿吃栗子，啃呀啃呀啃呀地啃着。"给我，"我说。"滚开，妖巫！"这个吃人家剩下来的肉皮肉骨的贱人喊起来了。她的丈夫是猛虎号的船长，到哀勒坡去了；可是我要坐在一张筛子里追上他去，像一头没有尾巴的老鼠，我要去，我要去，我要去。

女巫乙　　我助你一阵风。

女巫甲　　感谢你的神通。

女巫丙　　我也助你一阵风。

女巫甲　　驾风直到海西东。

到处狂风吹海立，

浪打行船无休息，

终朝终夜不得安，

骨瘦如柴血色干；

年年辛苦月月劳，

气断神疲精力销；

波涛汹涌鱼龙怒，

一叶飘流无定处。

瞧我有些什么东西？

女巫乙　给我看，给我看。

女巫甲　这是一个在归途覆舟殒命的舵工的拇指。（内鼓声）

女巫丙　鼓！鼓！麦克佩斯来了。

手携手，三姊妹，

沧海高山弹指地，

朝飞暮返任游戏。

姊三巡，妹三巡，

三三九转蛊方成。

【麦克佩斯及班戈上。

麦　　　我从来没有见过这样阴郁而又是这样光明的日子。

班　　　到福累斯还有多少路？这些是什么人，形容这样枯
　　　　瘦，服装这样怪诞，不像是地上的居民，可是却在地
　　　　上出现？你们是活人吗？你们能不能回答我们的问
　　　　题？好像你们懂得我的话，每一个人都同时把她满是
　　　　皱纹的手指按在她的干枯的嘴唇上。你们应当是女
　　　　人，可是你们的胡须却使我不敢相信你们是女人。

麦　　　你们要是能够讲话，告诉我们你们是什么人？

女巫甲　　　万福，麦克佩斯！祝福你，葛莱密斯爵士！

女巫乙　　　万福，麦克佩斯！祝福你，考特爵士！

女巫丙　　　万福，麦克佩斯，未来的君王！

班　　　将军，您为什么这样吃惊，好像害怕着这种听上去
　　　　很好的消息似的？用真理的名义回答我，你们是幻
　　　　象呢，还是果然是像你们所显现的那个样子的生
　　　　物？你们向我的高贵的同伴致敬，并且预言他未来
　　　　的尊荣和远大的希望，使他听得出了神；可是你们
　　　　却没有对我说一句话。要是你们能够洞察时间所播
　　　　的种子，知道那一颗会长成那一颗不会长成，那么
　　　　请对我说；我既不乞讨你们的恩惠，也不惧怕你们

的憎恨。

女巫甲　　祝福！

女巫乙　　祝福！

女巫丙　　祝福！

女巫甲　　比麦克佩斯低微，可是你的地位在他之上。

女巫乙　　不像麦克佩斯那样幸运，可是你比他更为有福。

女巫丙　　你虽然不是君王，你的子孙将要君临一国。万福，麦克佩斯和班戈！

女巫甲　　班戈和麦克佩斯，万福！

麦　　且慢，你们这些闪烁其辞的预言者，明白一些告诉我。西纳尔死了以后，我知道我已经晋封为葛莱密斯爵士；可是怎么会做起考特爵士来呢？考特爵士现在还活着，他的势力非常煊赫；至于说我是未来的君王，那正像说我是考特爵士一样难于置信。说，你们这种奇怪的消息是从什么地方来的？为什么你们要在这荒凉的旷野用这种预言式的称呼使我们止步？说，我命令你们。（三女巫隐去）

班　　水上有泡沫，土地也有泡沫，这些便是大地上的泡沫。她们消失到什么地方去了？

麦　　消失在空气之中，好像是有形体的东西，却像呼吸
　　　一样融化在风里了。我倒希望她们再多留一会儿。

班　　我们正在谈论的这些怪物，果然曾经在这儿出
　　　现吗？还是因为我们误食了令人疯狂的草根，已经
　　　丧失了我们的理智？

麦　　您的子孙将要成为君王。

班　　您自己将要成为君王。

麦　　而且还要做考特爵士；她们不是这样说吗？

班　　正是这样说。谁来啦？

【洛斯及安格斯上。

洛　　麦克佩斯，王上已经很高兴地接到了你的胜利的消
　　　息；当他听见你在这次征讨叛逆的战争中所表现的
　　　英勇的勋绩的时候，他简直不知道应当惊异还是应
　　　当赞叹，在这两种心理的交相冲突之下，他快乐得
　　　说不出话来。他又知道你在同一天之内，又在雄壮
　　　的挪威大军的阵地上出现，不因为你自己亲手造成的
　　　死亡的惨影而感到些微的恐惧。报信的人像密雹一样

接踵而至，异口同声地在他的面前称颂你的保卫祖国的大功。

安　我们奉王上的命令前来，向你传达他的慰劳的诚意；我们的使命只是迎接你回去面谒王上，不是来酬答你的功绩。

洛　为了向你保证他将给你更大的尊荣起见，他叫我替你加上考特爵士的称号；祝福你，最尊贵的爵士！这一个尊号是属于你的了。

班　什么！魔鬼居然会说真话吗？

麦　考特爵士现在还活着；为什么你们要替我穿上借来的衣服呢？

安　原来的考特爵士现在还活着，可是因为他自取其咎，犯了不赦的重罪，在无情的判决之下，将要失去他的生命。他究竟有没有和挪威人公然联合，或者曾经给叛党秘密的援助，或者同时用这两种手段来图谋颠覆他的祖国，我还不能确实知道；可是他的叛国的重罪，已经由他亲口供认，并且有了事实的证明，使他遭到了毁灭的命运。

麦　（*旁白*）葛莱密斯，考特爵士；最大的尊荣还在后面。（向洛、安）谢谢你们的跋涉。（向班）她们叫我做考特爵士，果然被她们说中了；您不希望您的子孙将来做君王吗？

班　您要是果然相信了她们的话，也许做了考特爵士以后，还想把王冠攫到手里。可是这种事情很奇怪；魔鬼为了要陷害我们起见，往往故意向我们说真话，在小事情上取得我们的信任，然后我们在重要的关头便会堕入他的圈套。两位大人，让我对你们说句话。

麦　（旁白）两句话已经证实，这是我有一天将会跻登王座的幸运的预告。（向洛，安）谢谢你们两位。（旁白）这种神奇的启示不会是凶兆，可是也不像是好兆。假如它是凶兆，为什么用一句灵验的预言，保证我未来的成功呢？我现在不是已经做了考特爵士了吗？假如它是好兆，为什么那句话会在我脑中引起可怖的印象，使我毛发森然，使我的心全然失去常态，勃勃地跳个不住呢？想像中的恐怖远过于实际上的恐怖；我的思想中不过偶然浮起了杀人的妄念，就已经使我全身震撼，心灵在疑似的猜测之中丧失了作用，把虚无的幻影认为真实了。

班 瞧，我们的同伴想得多么出神。

麦 （旁白）要是命运将会使我成为君王，那么也许命运会替我加上王冠，用不到我自己费力。

班 新的尊荣加在他的身上，就像我们穿上新衣服一样，在没有穿惯以前，总觉得有些不大适合身裁似的。

麦 （旁白）无论事情怎样发生，最难堪的日子也是会过去的。

班 尊贵的麦克佩斯，我们在等候着您的意旨。

麦 原谅我；我的迟钝的脑筋刚才偶然想起了一些已经忘记了的事情，两位大人，你们的辛苦已经铭刻在我的心版上，我每天都要把它翻开来诵读。让我们到王上那儿去。想一想最近发生的这些事情；等我们把一切详细考虑过了以后，再把各人心里的意思彼此开诚相告吧。

班 很好。

麦 现在暂时不必多说。来，朋友们。（同下）

第四场　福累斯，王宫中的一室

【喇叭奏花腔。邓根，玛尔康，唐纳本，凌诺克斯，

及侍从等上。

邓　　考特的死刑有没有执行完毕？监刑的人还没有回

来吗？

玛　　陛下，他们还没有回来；可是我曾经和一个亲眼看

见他死的人谈过话，他说他很坦白地供认他的叛逆，

请求您宽恕他的罪恶，并且表示深切的悔恨。他的

一生行事，从来不曾像他临终的时候那样值得钦佩；

他抱着视死如归的态度，抛弃了他的最宝贵的生命，

就像它是不足介意的琐屑一样。

邓　　世上还没有一种方法，可以从一个人的脸上探察他

的居心；他是我所曾经绝对信任的一个人。

【麦克佩斯，班戈，洛斯，及安格斯上。

邓　　啊，贤卿！我的忘恩负义的罪恶，刚才还重压在我的心头。你的功劳太超越寻常了，飞得最快的报酬都追不上你；要是它再微小一点，那么也许我可以按照适当的名分，给你应得的感谢和酬劳；现在我只能这样说，一切的报酬都不能抵偿你的伟大的勋绩。

麦　　为陛下尽忠效命，它的本身就是一种酬报。接受我们的劳力是陛下的名分；我们对于陛下的责任，正像子女和奴仆一样，为了尽我们的敬爱之忱，无论做什么事都是应该的。

邓　　欢迎你回来；我已经开始把你栽培，我要努力使你繁茂。尊贵的班戈，你的功劳也不在他之下，让我把你拥抱在我的心头。

班　　要是我能够在陛下的心头生长，那收获是属于陛下的。

邓　　我的洋溢在心头的盛大的喜乐，想要在悲哀的泪滴里隐藏它自己。吾儿，各位国戚，各位爵士，以及一切最亲近的人，我现在向你们宣布封我的长子玛尔康为肯勃兰亲王；不仅仅是他一个人受到这样的光荣，广大的恩宠将要像繁星一样，照耀在每一个有功者的身上。陪我到殷佛纳斯去，让我再叨受你一次盛情的招待。

麦　这是一个莫大的光荣；让我做一个前驱者，把陛下光降的喜讯先去报告我的妻子知道；现在我就此告辞了。

邓　我的尊贵的考特！

麦　（旁白）肯勃兰亲王！这是一块横在我的前途的阶石，我必须跳过这块阶石，否则就要颠仆在它的上面。星星啊，收起你们的火焰！不要让光亮照见我的黑暗幽深的欲望。（下）

邓　真的，尊贵的班戈；他的英勇真是名不虚传，我已经饱听人家对他的赞美，那对我就像是一桌盛筵。他现在先去预备款待我们了，让我们跟上去，真是一个无比的国戚。（喇叭奏花腔。众下）

第五场　殷佛纳斯，麦克佩斯的城堡

【麦克佩斯夫人上，读信。

麦妻　"她们在我胜利的那天迎接我；我从可靠的传说上知
道，她们是具有超越凡俗的知识的。当我燃烧着热
烈的欲望，想要向她们详细询问的时候，她们已经
化为一阵风不见了。我正在惊奇不置，王上的使者
就来了，他们都称我为'考特爵士'；那一个尊号
正就是这些神巫用来称呼我的，而且她们还对我作
这样的预示，说是'祝福，未来的君王！'我想我
应该把这样的消息告诉你，我的最亲爱的有福同享
的伴侣，好让你不致于因为对于你所将要得到的富
贵一无所知，而失去了你所应该享有的欢欣。把它
放在你的心头，再会。"

你现在已经一身兼葛莱密斯和考特两个显爵，将来
也会达到预言所告诉你的那样高位。可是我却为你
的天性忧虑：它充满了太多的人情的乳臭，使你不
敢采取最近的捷径；你希望做一个伟大的人物，你

不是没有野心，可是你却缺少和那种野心相联属的奸恶；你希望用正直的手段，达到你的崇高的企图；一方面不愿玩弄机诈，一方面却又要作非分的攫夺；你没有事后的追悔，却太多事前的顾忌。赶快回来吧，让我把我的精神倾注在你的耳中；命运和玄奇的力量分明已经准备把黄金的宝冠罩在你的头上，让我用舌尖的勇气，把那阻止你得到那顶王冠的一切障碍驱扫一空吧。

【一使者上。

麦妻　你带了些什么消息来？

使者　王上今晚要到这儿来。

麦妻　你在说疯话吗？主人是不是跟他在一起？要是在一起的话，一定会早就通知我们准备准备的。

使者　禀夫人，这话是真的。我们的爵爷快要来了；我的一个伙伴比他早到了一步，他奔得气都喘不过来，好容易告诉了我这个消息。

麦妻　好好看顾他；他带来了重大的消息。（使者下）

报告邓根走进我这堡门来送死的乌鸦，它的叫声是嘶哑的。来，注视着人类恶念的魔鬼们！解除我的女性的柔弱，用最凶恶的残忍自顶至踵贯注在我的全身；凝结我的血液，不要让悔恨通过我的心头，不要让天性中的恻隐摇动我的狠毒的决意！来，你们这些杀人的助手，你们无形的躯体散满在空间，到处找寻为非作恶的机会，进入我的妇人的胸中，把我的乳水当作胆汁吧！来，阴沉的黑夜，用最昏暗的地狱中的浓烟罩住你自己，让我的锐利的刀瞧不见他自己切下的伤口，让青天不能从黑暗的重衾里探出头来，高喊着"住手，住手！"

【麦克佩斯上。

麦妻 伟大的葛莱密斯！尊贵的考特！比葛莱密斯更伟大，比考特更尊贵的未来的统治者！你的信使我飞越蒙昧的现在，我已经感觉到未来的搏动了。

麦 我的最亲爱的爱人，邓根今晚要到这儿来。

麦妻 什么时候去呢？

麦　　他预备明天回去。

麦妻　　啊！太阳永远不会见到那样一个明天。您的脸，我
　　　　的爵爷，正像一本书，人们可以从那上面读到奇怪的
　　　　事情。你要欺骗世人，必须装出和世人同样的神气；
　　　　让您的眼睛里，您的手上，您的舌尖，随处流露着欢
　　　　迎；让人家瞧您像一朵纯洁的花朵，可是在花瓣底
　　　　下却有一条毒蛇潜伏。我们必须准备款待这位贵宾；
　　　　您可以把今晚的大事交给我去办；凭此一举，我们今
　　　　后就可以永远掌握君临万民的无上权威。

麦　　我们还要商量商量。

麦妻　　泰然自若地抬起您的头来；恐惧往往是误事的根源。
　　　　一切都在我的身上。（同下）

第六场 同前，城堡之前

【高音笛奏乐，火炬前导，邓根，玛尔康，唐纳本，
班戈，凌诺克斯，迈克特夫，洛斯，安格斯，及侍
从等上。

邓　　这座城堡位置得很好；一阵阵温柔的和风轻轻地吹
拂着我们微妙的感觉。

班　　这一个夏天的客人，巡礼庙宇的燕子，也在这里筑
下了他的温暖的巢居，这可以证明这里的空气有一
种诱人的香味；檐下梁间，墙头屋角，都是这鸟儿
位置他的吊床和摇篮的地方，凡是他们生息繁殖之
处，空气总是很甘美的。

【麦克佩斯夫人上。

邓　　瞧，瞧，我们的尊贵的主妇！到处跟随我们的挚情
厚爱，往往使我们窘于致谢。

麦妻　我们的犬马微劳，即使加倍报效，比起陛下赐给我们的深恩广泽来，也还是不足挂齿的；我们只有燃起一瓣心香，为陛下祷祝上苍，报答陛下过去和新近加于我们的荣宠。

邓　考特爵士呢？我们想要追上他的前面，趁他没有到家，先替他预备设席洗尘；不料他的骑马的本领十分了得，他的一片忠心使他急如星火，帮助他比我们先到了一步。高贵贤淑的主妇，今天晚上我要做您的宾客了。

麦妻　只要陛下吩咐，您的仆人们随时准备把他们自己和他们所有的一切捐献在陛下之前，抵偿他们对您所负的重债。

邓　把您的手给我；领我去见我的主人。我很爱重他，我还要继续眷顾他。请了，夫人。（同下）

第七场　同前，堡中一室

【高音笛奏乐，室中遍燃火炬。一司膳及若干仆人持肴馔食具上，自台前经过。麦克佩斯上。

麦　要是干了以后就完了，那么还是快一点干；要是凭着暗杀的手段，可以攫取美满的结果；要是这一刀砍下去，就可以完成一切，终结一切；要是我们就可以在这里跳过时间的浅濑，展开生命的新页……可是在这种事情上，我们往往可以看见冥冥中的裁判；教唆杀人的人，结果反而自己被人所杀；把毒药投入酒杯里的人，结果也会自己饮鸩而死。他到这儿来是有两重的信任：第一，我是他的亲戚，又是他的臣子，按照名分绝对不能干这样的事；第二，我是他的主人，应当保障他的身体的安全，怎么可以自己持刀行刺？而且，这个邓根秉性仁慈，处理国政，从来没有过失，要是把他杀死了，他的生前的美德，将要像天使一般发出喇叭一样清澈的声音，向世人昭告我的弑君重罪；怜悯像一个御气而行的天婴，将要把这可憎的行为揭露在每一个人的眼中，使眼泪淹没了天风。没有一种力量可以鞭策我前进，可是我的跃跃欲试的野心，却不顾一切地驱着我去冒颠踬的危险。——

【麦克佩斯夫人上。

麦　　啊！什么消息？

麦妻　　他快要吃好了；你为什么跑了出来？

麦　　他有没有问起我？

麦妻　　你不知道他问起过你吗？

麦　　我们还是不要进行这一件事情。他最近给我极大的尊荣；我也好容易从各种人的嘴里博到了无上的美誉，我的名声现在正在发射最灿烂的光彩，不能这么快就把它丢弃了。

麦妻　　难道你把自己沉浸在里面的那种希望，只是醉后的妄想吗？它现在从一场睡梦中醒来，因为追悔自己的孟浪，而吓得脸色这样苍白吗？从这一刻起，我要把你的爱情看作同样靠不住的东西。你不敢让你在自己的行为和勇气上跟你的欲望一致吗?你宁愿像一头畏首畏尾的猫儿,顾全你所认为生命的装饰品的名誉,不惜让你在自己眼中成为一个懦夫,让"我不敢"永远跟随在"我想要"的后面吗?

麦　　请你不要说了。只要是男子汉做的事,我都敢做;没有人比我有更大的胆量。

麦妻　　那么当初是什么畜生使你把这一种企图告诉我呢?是男子汉就应当敢作敢为;要是你敢做你所不能做的事,那才更是一个男子汉。那时候无论时间和地点都不曾给你下手的方便,可是你却居然会决意实现你的愿望;现在你有了大好的机会,你又失去勇气了。我曾经乳哺过婴孩,知道一个母亲是怎样怜爱那吮吸她乳汁的子女;可是我会在它看着我的脸微笑的时候,从它的柔软的嫩嘴里摘下我的乳头,把它的脑袋砸碎,要是我也像你一样,曾经发誓下这样毒手的话。

麦　　假如我们失败了,——

麦妻　　我们失败!只要你集中你的全副勇气,我们决不会失败。邓根赶了这一天辛苦的路程，一定睡得很熟；我再去陪他那两个侍卫饮酒作乐，灌得他们头脑模糊，记忆化成了一阵烟雾；等他们烂醉如泥，像死猪一样睡去以后，我们不就可以把那毫无防卫的邓根随意摆布了吗？我们不是可以把这一件重大的谋杀罪案，推在他的酒醉的侍卫身上吗？

麦　愿你所生育的全是男孩子，因为你的无畏的精神，只应该铸造一些刚强的男性。要是我们在那睡在他寝室里的两个人身上涂抹一些血迹，而且就用他们的刀子，人家会不会相信真是他们干下的事？

麦妻　等他的死讯传出以后，我们就假意装出号啕痛哭的样子，这样还有谁敢不相信？

麦　我的决心已定，我要用全身的力量，去干这件惊人的举动。去，用最美妙的外表把人们的耳目欺骗；奸诈的心必须罩上虚伪的笑脸。（同下）

第二幕

慈悲的神明！抑制那些罪恶的思想，不要让它们潜入我的睡梦之中。

第一场　殷佛纳斯，堡中庭院

【班戈及弗利安斯上，一仆人执火炬前行。

班　　孩子，夜已经过了几更了？

弗　　月亮已经下去；我还没有听见打钟。

班　　月亮是在十二点钟下去的。

弗　　我想它要到十二点钟以后方才下去呢，父亲。

班　　把我的剑拿着。天上也讲究节俭，把灯烛一起熄灭
　　　了。把那个也拿着。催人入睡的疲倦，像沉重的铅
　　　块一样压在我身上，可是我却一点不想去睡。慈悲
　　　的神明！抑制那些罪恶的思想，不要让它们潜入我
　　　的睡梦之中。

【麦克佩斯上，一仆人执火炬随从。

班　　把我的剑给我。——那边是谁？

麦　　一个朋友。

班　　什么，爵爷！还没有安息吗？王上已经睡了；他今

天非常高兴，赏了你家仆人许多的东西。这一颗金刚钻是他送给尊夫人的，他称她为最殷勤的主妇。无限的愉快笼罩着他的全身。

麦　我们因为事先没有准备，恐怕有许多招待不周的地方。

班　好说好说。昨天晚上我梦见那三个女巫；她们对您所讲的话倒有几分应验。

麦　我没有想到她们；可是等我们有了工夫，不妨谈谈那件事，要是您愿意的话。

班　悉如遵命。

麦　您听从了我的话，包您有一笔富贵到手。

班　为了觊觎富贵而丧失荣誉的事，我是不干的；要是您有什么见教，只要不毁坏我的清白的忠诚，我都愿意接受。

麦　那么慢慢再说，请安息吧。

班　谢谢；您也可以安息啦。（班、弗同下）

麦　去对太太说要是我的酒预备好了，请她打一下钟。你去睡吧。（仆下）在我面前摇晃着，它的柄对着我的手的，不是一把刀子吗？来，让我抓住你。我抓不到你，可是仍旧看见你。不祥的幻象，你只是一件可视不可触的东西吗？或者你不过是一把想像中的刀子，从谵热的脑筋里发出来的虚妄的意匠？
我仍旧看见你，你的形状正像我现在拔出的这一把
刀子一样明显。你指示着我所要去的方向，告诉我
应当用什么利器。我的眼睛倘不是受了其他知觉的
愚弄，就是兼领了一切感官的机能。我仍旧看见你；
你的刀上和柄上还流着一滴一滴刚才所没有的血。
没有这样的事；杀人的恶念使我看见这种异象。现
在在半个世界上，大自然似乎已经死去，罪恶的梦
景扰乱着平和的睡眠，作法的巫觋在向惨白的赫凯
娣①献祭；形容枯瘦的杀人犯，听到了替他巡风的
豺狼的嗥声，像一个鬼似的向他的目的地蹑足跨步
前进。坚固结实的大地啊，不要听见我的脚步声音，
知道它们是到什么地方去的，我怕路上的砖石会泄
漏了我的行踪。我正在这儿威胁他的生命，他却在
那儿活得好好的；在紧张的行动中间，言语是多么
软弱无力。（钟声）我去，就是这么干；钟声在招
引我。不要听见它，邓根，这是召唤你上天堂或者
下地狱的丧钟。（下）

---

① 赫凯娣（Hecate），可幽冥及巫术之女神。——译者注

第二场　同前

【麦克佩斯夫人上。

麦妻　酒把他们醉倒了，却提起了我的勇气；浇熄了他们的馋焰，却燃起了我心头的烈火。听！不要响！这是夜枭的啼声，它正在鸣着丧钟，向人道凄厉的晚安。他在那儿动手了。门都开着，那两个醉饱的侍卫用鼾声代替他们的守望；我曾经在他们的乳酒里放下麻药，瞧他们熟睡的样子，简直分别不出他们是活人还是死人。

麦　（在内）那边是谁？喂！

麦妻　嗳哟！我怕他们已经醒过来了，这件事情还没有办好；不是行为的本身，是我们的企图扰乱了我们。听！我把他们的刀子都放好了；他不会找不到的。倘不是我看他睡着的样子，活像是我的父亲，我早就自己动手了。我的丈夫！

【麦克佩斯上。

麦　　　我已经把事情办好。你没有听见一个声音吗？

麦妻　　我听见枭啼和蟋蟀的鸣声。你没有讲过话吗？

麦　　　什么时候？

麦妻　　刚才。

麦　　　我下来的时候吗？

麦妻　　嗯。

麦　　　听！谁睡在隔壁的房间里？

麦妻　　唐纳本。

麦　　　（视手）好惨！

麦妻　　别发傻，惨什么。

麦　　　一个人在睡梦里大笑，还有一个人喊"杀人啦！"
　　　　他们把彼此惊醒了；我站定听他们；可是他们念完
　　　　祷告，又睡了过去了。

麦妻　　好一对宝货！

麦　　　一个喊，"上帝保佑我们！"一个喊，"阿们"；
　　　　好像他们看见我高举这一双杀人的血手似的。听着
　　　　他们惊慌的口气，当他们说过了"上帝保佑我们"
　　　　以后，我想要说"阿们"，却怎么也说不出来。

麦妻　　不要把它放在心上。

麦　　　可是我为什么说不出"阿们"两个字来呢？我才是
　　　　最需要上帝垂恩的，可是"阿们"两个字却哽住在
　　　　我的喉间。

麦妻　　我们干这种事，不能尽望这方面想下去；这样想着
　　　　是会使我们发疯的。

麦　　　我仿佛听见一个声音喊着，"不要再睡了！麦克佩斯
　　　　已经杀害了睡眠"，那清白的睡眠，把忧虑的乱丝编
　　　　织起来的睡眠，那日常的死亡，疲劳者的沐浴，受伤
　　　　的心灵的油膏，大自然的副程，生命的盛筵上主要的
　　　　营养，——

麦妻　　你这种话是什么意思？

麦　　　那声音继续向全屋子里喊着："不要再睡了！葛莱密
　　　　斯已经杀害了睡眠，所以考特将不再得到睡眠，麦克
　　　　佩斯将不再得到睡眠！"

麦妻　　谁喊着这样的话？唉，我的爵爷，您这样胡思乱想，
　　　　是会妨害您的健康的。去拿些一水来，把您手上的
　　　　血迹洗洗干净。为什么您把这两把刀子带了来？它
　　　　们应该放在那边。把它们拿回去，涂一些血在那两

个熟睡的侍卫身上。

麦　　我不高兴再去了；我不敢回想刚才所干的事，更没有胆量再去看它一眼。

麦妻　意志动摇的人！把刀子给我。睡着的人和死了的人不过和画像一样；只有小儿的眼睛才会害怕书中的魔鬼。要是他还流着血，我就把它涂在那两个侍卫的脸上；因为我们必须让人家瞧着是他们的罪恶。

（下。内敲门声）

麦　　那打门的声音从什么地方来的？究竟怎么一回事，一点点的听音都会吓得我心惊肉跳？这是什么手！吓！它们要挖出我的眼睛。大洋里所有的水，能够洗净我手上的血迹吗？不，恐怕我这一手的血，倒要把一碧无垠的海水，染成了一片殷红呢。

【麦克佩斯夫人重上。

麦妻　我的两手也跟你同样的颜色，可是我的心却不像你这样惨白。（内敲门声）我听见有人打着南面的门；让我们回到自己房间里去；一点点儿的水就可以替

我们泯除痕迹；不是很容易的事吗？你的魄力不知
道到那儿去了。（内敲门声）听！又在那儿打门了。
披上你的睡衣，也许人家会来找我们，不要让他们
看见我们还没有睡觉。别这样痴头痴脑地呆想了。

麦 要知道我所干的事，最好还是不要知道我自己。（内
敲门声）用你打门的声音把邓根惊醒了吧！我希望
你能够惊醒他！（同下）

第三场　同前

【内敲门声。一司阍上。

司阍　门打得这样利害！要是一个人在地狱里做了管门
人；就是拔闩开锁这一件事也够把他累老了。（内
敲门声）敲，敲敲！凭着魔鬼的名义，谁在那儿？
一定是什么乡下人，想要来沾一点财主人家的光，
赶快进来吧，多预备几方餐巾；这儿有的是大鱼大
肉，你流着满身的臭汗都吃不完呢。（内敲门声）
敲，敲！凭着还有一个魔鬼的名字，是谁在那儿？
哼，一定是什么讲起话来暧昧含糊的家伙，他会同
时站在两方面，一会儿帮着这个骂那个，一会儿帮
着那个骂这个；他曾经为了上帝的缘故，干过不少
欺心事，可是他那条暧昧含糊的舌头却不能把他送
上天堂去：啊！进来吧，暧昧含糊的家伙。（内敲
门声）敲，敲，敲！谁在那儿？哼，一定是什么英国
的裁缝，要想到这儿来从一只法国的袜子里偷些什

么回去：进来吧，裁缝；你可以在这儿烤你的鹅肉。

（内敲门声）敲，敲；敲个不停！你是什么人？你要进地狱，这儿太冷呢。我再也不要做这鬼看门人了。我倒很想放进几个各色各种的人来，让他们经过酒池肉林，一直到刀山火焰上去。（内敲门声）来了，来了！请你记着我这看门的人。（开门）

【迈克特夫及凌诺克斯上。

迈　　朋友，你是不是睡得太晚了，所以睡到现在还是爬不起来？

司阍　不瞒您说，大人，我们昨天晚上喝酒，一直闹到第二次鸡啼哩；喝酒这一件事，大人，最容易引起三件事情。

迈　　是那三件事情？

司阍　呃，大人，打架，睡觉，和撒尿。它也会挑起淫欲，可是喝醉了酒的人，干起这种事情来是一点不中用的。

迈　　你的主人有没有起来？

【麦克佩斯上。

迈　　我们的打门把他闹醒了；他来了。

凌　　早安，爵爷。

麦　　两位早安。

迈　　爵爷，王上有没有起来？

麦　　还没有。

迈　　他叫我一早就来叫他；我几乎误了时间。

麦　　我带您去看他。

迈　　我知道这是您所乐意干的事，可是有劳您啦。

麦　　我们所喜欢的工作，可以使我们忘记劳苦。这门里
　　　就是。

迈　　那么我就冒昧进去了，因为我奉有王上命令。（下）

凌　　王上今天就要去吗？

麦　　是的，他已经这样决定了。

凌　　昨天晚上刮着很利害的暴风，我们所住的地方，烟
　　　囱都给吹了下来；他们还说空中有哀哭的声音，有
　　　人听见奇怪的死亡的惨叫，还有人听见一个可怕的
　　　声音，预言着将要有一场绝大的纷争和混乱，降临
　　　在这不幸的时代。不知名的怪鸟整整地吵了一个漫

漫的长夜；有人说大地都发热而战抖起来了。

麦　　果然是一个可怕的晚上。

凌　　我的年青的经验里唤不起一个同样的回忆。

【迈克特夫重上。

迈　　啊，可怕！可怕！可怕！不可言说，不可想象的
　　　恐怖！

麦、凌　　什么事？

迈　　混乱已经完成了他的杰作！大逆不道的凶手打开了
　　　上帝的圣殿，把它的生命偷了去了！

麦　　你说什么？生命？

凌　　你是说陛下吗？

迈　　到他的寝室里去，让一幕惊人的惨剧昏眩了你们的
　　　视觉吧。不要向我追问；你们自己去看了来说。（麦、
　　　凌同下）醒来！醒来！敲起警钟来。杀了人啦！有
　　　人在谋反啦！班戈！唐纳本！玛尔康！醒来！不要
　　　贪恋温柔的睡眠，那只是死亡的假装，瞧一瞧死亡
　　　的本身吧！起来，起来，瞧瞧世界末日的影子！玛

尔康！班戈！像鬼魂从坟墓里起来一般，过来瞧瞧
这一幕恐怖的景状吧！把钟敲起来！（钟鸣）

【麦克佩斯夫人上。

麦妻　为什么要吹起这样凄厉的号角，把全屋子睡着的人
　　　唤醒？说，说！

迈　　啊，好夫人！我不能让您听见我嘴里的消息，它一
　　　进到妇女的耳朵里，是比利剑还要难受的。

【班戈上。

迈　　啊，班戈！班戈！我们的主上给人谋杀了！

麦妻　嗳哟！什么！在我们的屋子里吗？

班　　无论在什么地方，都是太惨了。好特夫，请你收回
　　　你刚才说过的话，告诉我们没有这么一回事。

【麦克佩斯及凌诺克斯重上。

麦　　要是我在这件变故发生以前的一小时死去，我
　　　就可以说是活过了一段幸福的时间；因为从这一刻
　　　起，人生已经失去它的严肃的意义，一切都不过是
　　　儿戏；荣名和美德已经死了，生命的美酒已经喝完，
　　　剩下来的只是一些无味的渣滓。

【玛尔康及唐纳本上。

唐　　出了什么乱子了？

麦　　你们还没有知道你们重大的损失；你们的血液的源
　　　泉已经切断了，你们的生命的本根已经切断了。

迈　　你们的父王给人谋杀了。

玛　　啊！给谁谋杀的？

凌　　瞧上去是睡在他房间里的那两个家伙干的事；他们
　　　的手上脸上都是血迹；我们从他们枕头底下搜出了
　　　两把刀，刀上的血迹也没有揩掉；他们的神色惊惶
　　　万分；谁也不能把他自己的生命信托给这种家伙。

麦　　啊！可是我后悔一时卤莽，把他们杀了。

迈　　你为什么杀了他们？

麦　　　谁能够在惊愕之中保持冷静，在盛怒之中保持镇定，
　　　　在激于忠愤的时候，保持他的不偏不倚的精神？世
　　　　上没有这样的人吧。我的理智来不及控制我的愤激
　　　　的忠诚。这儿躺着邓根，他的白银的皮肤上镶着一
　　　　缕缕黄金的宝血，他的创钜痛深的伤痕张开了裂口，
　　　　像是一道道毁灭的门户；那边站着这两个凶手，身
　　　　上浸润着他们罪恶的颜色，他们的刀上凝结着刺目
　　　　的血块：只要是一个尚有几分忠心的人，谁不要怒
　　　　火中烧，替他的主子报仇雪恨？

麦妻　　啊，什么人来扶我进去！

迈　　　快来照料夫人。

玛　　　（向唐旁白）这是跟我们切身相关的事情，为什么
　　　　我们一言不发？

唐　　　（向玛旁白）我们身陷危地，不可测的命运随时都
　　　　会吞噬我们，还有什么话好说呢？去吧，我们的眼
　　　　泪现在还只在心头酝酿呢。

玛　　　（向唐旁白）我们的沉重的悲哀也还没有阻碍了我
　　　　们的行动。

班　　　照料这位夫人。（侍从扶麦妻下）等我们把自然流

露出来的无遮饰的弱点收藏起来以后，让我们举行一次会议，详细澈查这一件最残酷的血案的真相。恐惧和疑虑使我们惊惶失措；站在上帝的伟大的指导之下，我一定要从尚未揭发的假脸具下面，探出叛逆的阴谋，和它作殊死的奋斗。

迈　我也愿意作同样的宣告。

众　我们也都抱着同样的决心。

麦　让我们赶快振起我们刚强的精神，大家到厅堂里商议去。

众　很好。（除玛、唐外均下）

玛　你预备怎么办？我们不要跟他们在一起。假装一副悲哀的脸孔，是每一个奸人的拿手好戏。我要到英国去。

唐　我到爱尔兰去；我们两人各奔前程，对于彼此都是比较安全的办法。我们现在所在的地方，人们的笑脸里都暗藏着利刃；越是跟我们血统相近的人，越是想喝我们的血。

玛　杀人的利箭已经射出，可是还没有落下，避过它的目标，是我们唯一的活路。所以赶快上马吧；让我们不要斤斤于告别的礼貌，趁着有便就溜了出去：

明知没有网开一面的希望，就该及早逃避弋人的罗

网。（同下）

第四场　同前，堡外

【洛斯及一老翁上。

老翁　我已经活了七十个年头，惊心动魄的日子也经过得
不少，希奇古怪的事情也看到过不少，可是像这样
可怕的夜晚，却还是第一次遇见。

洛　啊！好老人家，你看上天好像恼怒人类的行为，在
向这流血的舞台发出恐吓。照钟上现在应该是白天
了，可是黑夜的魔手却把那盏在天空中运行的明灯
遮蔽得不露一丝光亮。难道黑夜已经统治一切，还
是因为白昼不好意思抬起头来，所以在这应该有阳
光遍吻大地的时候，地面上却被无边的黑暗笼罩？

老翁　这种现象完全是反常的，正像那件惊人的血案一样。
在上星期二那天，有一头雄踞在高岩上的猛鹰，被
一只鸱鸮飞上去把它啄死。

洛　还有一件非常怪异可是十分确实的事情，邓根有几
匹躯干俊美，举步如飞的骏马，的确是不可多得的
良种，忽然野性大发，撞破了马棚，冲了出来，倔

强得不受羁勒，好像要向人类挑战似的。

老翁 据说它们还彼此相食。

洛 是的，我亲眼看见这种事情，简直不敢相信自己的眼睛。迈克特夫来了。

【迈克特夫上。

洛 世界现在变得怎么样啦？

迈 啊，您没有看见吗？

洛 有没有知道谁干了这件残酷得超乎寻常的行为？

迈 就是那两个给麦克佩斯杀死了的家伙。

洛 唉！他们干了这件事可以希望得到什么好处呢？

迈 他们一定受人的教唆。玛尔康和唐纳本，王上的两个儿子，已经偷偷地逃走了，这使他们也蒙上了嫌疑。

洛 那更加违反人情了！反噬自己的命根，这样的野心会有什么好结果呢？看来大概王位要让麦克佩斯登上去了。

迈 他已经受到推举，现在到斯贡即位去了。

洛 邓根的尸体在什么地方？

迈　已经抬到戈姆基尔，他的祖先的陵墓上。

洛　您也要到斯贡去吗？

迈　不，大哥，我还是到费辅去。

洛　好，我要到那边去看看。

迈　好，但愿您看见那边的一切都是好好儿的，再会！
　　怕只怕我们的新衣服不及旧衣服舒服哩！

洛　再见，老人家。

老翁　上帝祝福您，也祝福那些把恶事化成善事，把仇敌
　　　化为朋友的人们！（各下）

第 三 幕

一天的好事开始沉沉睡去，黑夜的罪恶的使者却在准备攫捕他们的猎物。

第一场　福累斯，王宫中一室

【班戈上。

班　你现在已经如愿而偿了：国王，考特，葛莱密斯，一切符合女巫们的预言；你得到这种富贵的手段恐怕不大正当；可是据说你的王位不能传及子孙，我自己却要成为许多君王的始祖。她们的话既然已经在你麦克佩斯身上应验，那么难道不也会成为对我的启示，使我对未来发生希望吗？可是闭口！不要多说了。

【喇叭奏花腔。麦克佩斯王冠王服；麦克佩斯夫人后冠后服；凌诺克斯，洛斯，贵族，贵妇，侍从等上。

麦　这儿是我们主要的上宾。

麦妻　要是忘记了请他，那就要成为我们盛筵上的绝大的遗憾，一切都要显得寒伧了。

麦　　　将军，我们今天晚上要举行一次隆重的宴会，请你
　　　　千万出席。

班　　　谨遵陛下命令；我的忠诚永远接受陛下的使唤。

麦　　　今天下午你要骑马去吗？

班　　　是的，陛下。

麦　　　否则我很想请你参加我们今天的会议，供献我们一
　　　　些良好的意见，你的老谋胜算，我是一向佩服的；
　　　　可是我们明天再谈吧。你要骑到很远的地方吗？

班　　　陛下，我想尽量把从现在起到晚餐时候为止这一段
　　　　时间在马上消磨过去；要是我的马不跑得快一些，
　　　　也许要到天黑了以后一两小时才回来。

麦　　　不要误了我们的宴会。

班　　　陛下，我一定不失约。

麦　　　我听说我那两个凶恶的王侄已经分别到了英国和爱
　　　　尔兰，他们不承认他们的残酷的弑父重罪，却到处
　　　　向人传播离奇荒谬的谣言；可是我们明天再谈吧，
　　　　有许多重要的国事要等候我们两人共同处理呢。请
　　　　上马吧；等你晚上回来的时候再会。弗利安斯也跟
　　　　着你去吗？

班　　是，陛下；时开已经不早，我们就要去了。

麦　　愿你四蹄轻快，一路平安。再见。（班下）大家请便，各人去干各人的事，到晚上七点钟再聚首吧。为要更能领略到嘉宾满堂的快乐起见，我在晚餐以前，预备一个人独自静息静息；愿上帝和你们同在！（除麦及侍从一人外均下）喂，问你一句话。那两个人是不是在外面等候着我的旨意？

侍从　　是，陛下，他们就在宫门外面。

麦　　带他们进来见我。（侍从下）单单做到了这一步是不算的，总要把现状确定巩固起来才好。我对于班戈怀着深切的恐惧，他的高贵的天性中有一种使我生畏的东西；他是个敢作敢为的人，在他的无畏的精神上，又加上深沉的智虑，指导他的胆勇在确有把握的时机行动。除了他以外，我什么人都不怕，只有他的存在却使我惴惴不安；据说安东尼在该撒的手下，他的天才完全被该撒所掩盖，我在他的雄才大略之下，情形也是这样。当那些女巫们最初称我为王的时候，他呵斥她们，叫她们对他说话；她们就像先知似的说他的子孙将相继为王，她们把一

顶不结果的王冠戴在我的头上，把一根没有人继承

的御杖放在我的手里，然后再从我的手里夺去。要

是果然是这样；那么我玷污了我的手，只是为了班

戈后裔的好处；我为了他们暗杀了仁慈的邓根；为

了他们良心上负着重大的罪疚和不安；我把我的永

生的灵魂给了人类的公敌，只是为了使他们可以登

上王座，使班戈的种子登上王座！不，我不能忍受

这样的事，宁愿接受命运的挑战！是谁？

【侍从率二刺客重上。

麦　　你现在到门口去，等我叫你再进来。（侍从下）我

　　　　们不是在昨天谈过话吗？

刺客甲　　回陛下的话，正是昨天。

麦　　那么好，你们有没有考虑过我的话？你们知道从前

　　　　都是因为他的缘故，使你们屈身微贱，虽然你们却

　　　　错怪到我的身上。在上一次我们谈话的中间，我已

　　　　经把这一点向你们说明白了，我用确凿的证据，指

　　　　出你们怎样被人操纵愚弄怎样受人牵制压抑，人家

对你们是用怎样的手段，这种手段的主动者，以及一切其他的种种，都可以使一个半痴的疯颠的人恍然大悟而说，"这些都是班戈干的事。"

刺客甲　　我们已经蒙陛下开示过了。

麦　　是的，而且我还要更进一步，这就是我们今天第二次谈话的目的。你们难道有那样的好耐性，能够忍受这样的屈辱吗？他的铁手已经快要把你们压下坟墓里去，使你们的子孙永远做乞丐，难道你们所受到的教诲，却还要叫你们替这个好人和他的子孙祈祷吗？

刺客甲　　陛下，我们是人总有人气。

麦　　嗯，你们也是算作人类的，正像家狗、野狗、猎狗、叭儿狗、狮子狗、杂种狗、癞皮狗，统称为狗一样；它们有的灵敏，有的迟钝，有的狡猾，有的可以管门，有的可以打猎，各自按照造物赋与他们的本能而分别价值的高下，在广泛的总称之上，得到特殊的名号；人类也是一样。要是你们在人类的行列之中，并不属于最卑劣的一级，那么说吧，我就可以把一件事情信托你们，你们照我的话干了以后，不但可以除去你们的仇人，而且还可以永远受我的宠眷；

他一天活在世上，我的心病一天不能痊愈。

刺客乙　　陛下，我久受世间无情的打击和虐待，为了向这世界发泄我的怨恨起见，我什么事都愿意干。

刺客甲　　我也是这样，一次次的灾祸逆运，使我厌倦于人世，我愿意拿我的生命去赌博，或者从此交上好运，或者了结了我的一生。

麦　　你们两人都知道班戈是你们的仇人。

刺客乙　　是的，陛下。

麦　　他也是我的仇人；而且他是我的肘腋之患，他的存在每一分钟都威胁着我生命的安全；虽然我可以老实不客气地运用我的权力，把他从我的眼前扫去，而且这样做在我的良心上并没有使我不安的地方，可是我却还不能就这么干，因为他有几个朋友同时也是我的朋友，我不能招致他们的反感，即使我亲手把他打倒，也必须假意为他的灭亡悲泣；所以我只好借重你们两人的助力，为了许多重要的理由，把这件事情遮过一般人的眼睛。

刺客乙　　陛下，我们一定照您的命令做去。

刺客甲　　　即使我们的生命——

麦　　你们的勇气已经充分透露在你们的神情之间。最迟在这一小时之内，我就可以告诉你们在什么地方埋伏，在什么时间动手；因为这件事情一定要在今晚干好，而且要离开王宫远一些，你们必须记住不能把我牵涉在内；同时为了免得留下形迹起见，你们还要把跟在他身边的他的儿子弗利安斯也一起杀了，他们父子两人的死，对于我是同样重要的，必须让他们同时接受黑暗的命运。你们先下去决定一下；我就来看你们。

刺客乙　　　我们已经决定了，陛下。

麦　　我立刻就会来看你们；你们进去等一会儿。（二刺客下）班戈，你的命运已经决定，你的灵魂要是找得到天堂的话，今天晚上你就该去找起来了。（下）

第二场　同前，王宫中另一室

【麦克佩斯夫人及一仆人上。

麦妻　班戈已经离开宫庭了吗？

仆　是，娘娘，可是他今天晚上就要回来的。

麦妻　你去对王上说，我要请他允许我跟他说几句话。

仆　是，娘娘。（下）

麦妻　费去了一切，结果还是一无所得，我们的目的虽然
达到，却一点不感觉满足。要是用毁灭他人的手段，
使自己置身在充满着忧疑的欢娱里，那么还不如那被
我们所害的人，倒落得无愁无虑。

【麦克佩斯上。

麦妻　啊，我的主！您为什么一个人孤孤零零的，让最悲
哀的幻想做您的伴侣，把您的思想念念不忘地集中
在一个已死者的身上？没有挽回的事，只好听其自
然；事情干了就算了。

麦　　我们不过刺伤了蛇身，却没有把它杀死，它的伤口
　　　会慢慢平复过来，再用它的原来的毒牙向我们复仇。
　　　可是让一切秩序完全解体，让活人死人都去受罪吧，
　　　为什么我们要在忧虑中进餐，在每夜使我们震恐的
　　　恶梦的虐弄中睡眠呢？我们为了希求自身的平安，
　　　把别人送下坟墓里去享受永久的平安，可是我们的
　　　心灵却把我们磨折得没有一刻平静的安息，使我们
　　　觉得还是跟已死的人在一起，倒要幸福得多了。邓
　　　根现在睡在他的坟墓里；经过了一场人生的热病，
　　　他现在睡得好好的，叛逆已经对他施过最狠毒的伤
　　　害，再没有刀剑，毒药，内乱，外患，可以加害于他了。

麦妻　算了算了，我的好丈夫，把您的心事脸孔收起；今
　　　天晚上您必须和颜悦色地招待您的客人。

麦　　正是，爱人；你也要这样。尤其请你对班戈曲意殷
　　　勤，用你的眼睛和舌头给他特殊的荣宠。我们的地
　　　位现在还没有巩固，必须把我们的尊严濡染在这种
　　　谄媚的流水里，用我们的外貌遮掩着我们的内心，
　　　不要给人家窥破。

麦妻　您不要多想这些了。

麦 啊！我的头脑里充满着蝎子，亲爱的妻子；你知道班戈和他的弗利安斯尚在人间。

麦妻 可是他们并不是长生不死的。

麦 那还可以给我几分安慰，他们是可以侵害的；所以你快乐起来吧。在蝙蝠完成它黑暗中的飞翔以前，在振翅而飞的甲虫应答着赫凯娣的呼召，用嗡嗡的声音摇响催眠的晚钟以前，将要有一件可怕的事情干好。

麦妻 是什么事情？

麦 你暂时不必知道，最亲爱的宝贝，等事成以后，你再鼓掌称快吧。来，使人盲目的黑夜，遮住可怜的白昼的温柔的眼睛，用你的无形的毒手，撕毁那使我困顿的重大的束缚吧！天色在朦胧起来，乌鸦都飞回到昏暗的林中；一天的好事开始沉沉睡去，黑夜的罪恶的使者却在准备攫捕他们的猎物。我的话使你惊奇；可是不要说话；以不义开始的事情，必须用罪恶使它强固。跟我来。（同下）

第三场　同前；苑囿，有一路通王宫

【三刺客上。

刺客甲　可是谁叫你来帮我们的？

刺客丙　麦克佩斯。

刺客乙　他不必不信任我们，他已经把我们的任务和怎样动手的方法都指示给我们了。

刺客甲　那么就跟我们站在一起吧。西方还闪耀着一线白昼的余辉；晚归的行客现在拍马加鞭，要来找寻宿处了；我们守候的目标已经在那儿向我们走近。

刺客丙　听！我听见马声。

班　（在内）喂，给我们一个火！

刺客乙　一定是他；别的客人们都已经到了宫里了。

刺客甲　他的马在兜圈子。

刺客丙　差不多有一哩路；可是他正像许多人一样，常常把从这儿到宫门口的这一条路作为他们的跑道。

刺客乙　　一个火，一个火！

刺客丙　　是他。

刺客甲　　站好。

【班戈及弗利安斯持火炬上。

班　　今晚恐怕要下雨。

刺客甲　　让它下吧。（刺客等向班攻击）

班　　啊，阴谋！快逃，好弗利安斯，逃，逃，逃！你也
　　许可以替我报仇。啊奴才！（死。弗逃去）

刺客丙　　谁把火灭了？

刺客甲　　不应该灭火吗？

刺客丙　　只有一个人倒下；那儿子逃去了。

刺客乙　　我们工作的重要的一部份失败了。

刺客甲　　好，我们回去报告我们工作的结果吧。（同下）

第四场　同前，王宫中的大厅

【厅中陈设筵席。麦克佩斯，麦克佩斯夫人，洛斯，

凌诺克斯，群臣，及侍从等上。

麦　　大家按着各人自己的品级坐下来；总而言之一句话，

我竭诚欢迎你们。

群臣　谢谢陛下的恩典。

麦　　我自己将要跟你们在一起，做一个谦恭的主人，我

们的主妇现在还保持着她的尊严，可是我就要请她

给你们殷勤的招待。

麦妻　陛下，请您替我向我们所有的朋友们表示我的欢迎

的诚意吧。

【刺客甲上，至门口。

麦　　瞧，他们用诚意的感谢答复你了；两方面已经各得

其平。我将要在这儿中间坐下来。大家不要拘束，

乐一个畅快；等会儿我们就要合席痛饮一巡。（至
门口）你的脸上有血。

刺客甲　　那么它是班戈的。

麦　我宁愿你站在门外，不愿他置身室内。你们已经把
他结果了吗？

刺客甲　　陛下，他的咽喉已经割破了；这是我干的事。

麦　你是一个最有本领的杀人犯；可是谁杀死了弗利安
斯，也一样值得夸奖；要是你也把他杀了，那你才
是一个无比的好汉。

刺客甲　　陛下，弗利安斯逃走了。

麦　我的心病本来可以全愈，现在它又要发作了；我本
来可以像大理石一样完整，像岩石一样坚固，像空
气一样广大自由，现在我却被恼人的疑惑和恐惧所
包围拘束。可是班戈已经死了吗？

刺客甲　　是，陛下；他安安稳稳地躺在一条泥沟里，他的
头上刻着二十道伤痕，最轻的一道也可以致他的死命。

麦　谢天谢地。大蛇躺在那里；那逃走了的小虫，将来
会用它的毒液害人，可是现在它的齿牙还没有长成。
走吧，明天再来听候我的旨意。（刺客甲下）

麦妻　　陛下，您还没有劝过客；宴会上倘没有主人的殷勤
　　　　招待，使大家都能宾至如归，那就会使合席失去了
　　　　兴致的。

麦　　　亲爱的，不是你提起，我几乎忘了！来，请放量醉
　　　　饱吧，愿各位胃纳健旺，身强力壮！

凌　　　陛下请安坐。

【班戈鬼魂上，坐麦克佩斯座上。

麦　　　要是班戈在座，那么全国的英俊，真可以说是荟集
　　　　于一堂了；我宁愿因为他的疏怠而嗔怪他，不愿因
　　　　为他遭到什么意外而为他惋惜。

洛　　　陛下，他今天失约不来，是他自己的过失。请陛下
　　　　上坐，让我们叨陪末席。

麦　　　席上已经坐满了。

凌　　　陛下，这儿是给您留着的一个位置。

麦　　　什么地方？

凌　　　这儿，陛下。什么事情使陛下这样变色？

麦　　　你们那一个人干了这件事？

众臣　什么事，陛下？

麦　你不能说这是我干的事；别这样对我摇着你的染着血的头发。

洛　各位大人，起来；陛下病了。

麦妻　坐下，尊贵的朋友们，王上常常是这样的，他从小就有这种毛病。请各位安坐吧；他的癫狂不过是暂时的，一会儿就会好起来。要是你们太注意了他，他也许会动怒，发起狂来更加利害；尽管自己吃喝，不要理他。你是一个男子吗？

麦　噢，我是一个堂堂男子，可以使魔鬼胆裂的东西，我也敢正眼瞧着它。

麦妻　啊，这才说得不错！这不过是你的恐惧所描画出来的一幅图像；正像你所说的那柄引导你去行刺邓根的空中的匕首一样。啊！要是在冬天的火炉旁，听一个妇女讲述她的老祖母告诉她的故事的时候，那么这种情绪的冲动，恐惧的伪装，倒是非常合适的。不害羞吗？你为什么扮这样的怪脸？你瞧着的不过是一张凳子罢了。

麦　你瞧那边！瞧！瞧！瞧！你怎么说？哼，我什么

都不在乎。要是你会点头，你也应该会说话。要是
殡舍和坟墓必须把我们埋葬了的人送回世上，那么
我们的坟墓都要变成鸢鸟的胃囊了。（鬼隐去）

麦妻　什么！你发了痴，把你的男子气都失掉了吗?

麦　要是我现在站在这儿，那么刚才我明明瞧见他。

麦妻　啐! 不害羞吗?

麦　在人类不会制定法律，保障公众福利以前的古代，
杀人流血是不足为奇的事；即使在有了法律以后，
惨不忍闻的谋杀事件，也随时有得发生。从前的时
候，一刀下去，当场毙命，事情就这样完结了；可
是现在他们却会从坟墓中起来，他们的头上戴着
二十件谋杀的重罪，把我们推下坐位。这种事情是
比这样一件谋杀案更奇怪的。

麦妻　陛下，您的尊贵的朋友们都因为您不去陪他们而十
分扫兴哩。

麦　我忘了，不要对我惊诧；我的最尊贵的朋友们；我
有一种怪病，认识我的人都知道那是不足为奇的。
来，让我们用这一杯酒表示我们的同心永好，祝各
位康健! 你们干了这一杯，我就坐下。给我拿些酒

　　来；倒得满满的。我为今天在座众人的快乐，还要
　　为我们亲爱的缺席的朋友班戈尽此一杯；要是他也
　　在这儿就好了！来，大家请干杯。

众臣　　敢不奉命。

【鬼重上。

麦　　去！离开我的眼前！让土地把你藏匿了！你的骨髓
　　已经干枯，你的血液已经凝冷；你那向人瞪望的眼
　　睛里也已经失去了光彩。

麦妻　　各位大人，这不过是他的旧病复发，没有什么别的
　　缘故；累各位扫兴，真是抱歉得很。

麦　　别人敢的事，我都敢：无论你用什么形状出现，像
　　粗暴的俄罗斯大熊也好，像披甲的犀牛，舞爪的猛
　　虎也好，只要不是你现在的样子，我的坚定的神经
　　决不会起半分战栗；或者你现在死而复活，用你的
　　剑向我挑战，要是我会惊惶胆怯，那么你就可以宣
　　称我是一个少女怀抱中的婴孩。去，可怕的影子！
　　幻妄的揶揄，去！（鬼隐去）吓，他一去，我的勇

气又恢复了。请你们安坐吧。

麦妻 你这样疯疯颠颠的，已经打断了众人的兴致，扰乱
了今天的良会。

麦 世上会有这种事情，像一朵夏天的黑云遮在我们的
头上，怎么不叫人吃惊呢？我吓得脸无人色，你们
眼看着这样的怪象，你们的脸上却仍然保持着天然
的红润，这才怪哩。

洛 什么怪象，陛下。

麦妻 请您不要对他说话；他越来越疯了；你们多问了他，
他会动怒的。对不起，请各位还是散席了吧；大家
不必推先让后，请立刻就去，晚安！

凌 晚安；愿陛下早复康健！

麦妻 各位晚安！（群臣及侍从等下）

麦 他们说，流血是免不了的；流血必须引起流血。据
说石块曾经自己转动，树木曾经开口说话；鸦鹊
的鸣声里已经预示着阴谋作乱的人。夜过去了多
少了？

麦妻 差不多到了黑夜和白昼的交界，分别不出谁是谁来。

麦 迈克特夫藐视王命，拒不奉召，你看怎么样？

麦妻 你有没有差人去叫过他?

麦 我在路上听人这么说;可是我要差人去唤他。他们
这一批人家里谁都有一个被我买通的仆人,替我侦
视他们的动静。我明天就要去访那三个女巫,听她
们还有什么话说;因为我现在非得从最妖邪的恶魔
口中,知道我的最悲惨的命运不可。为了我自己的
好处,只好把一切置之不顾。我已经两足深陷于血
泊之中,要是不再涉血前进,那么回头的路也是同
样使人厌倦的。我想起了一些非常的计谋,必须在
不曾被人觉察以前迅速实行。

麦妻 一切有生之伦,都少不了睡眠的调剂,可是你还没
有好好睡过。

麦 来,我们睡去。我的疑鬼疑神,出乖露丑,都是因
为未经历炼,心怀恐惧的缘故;我们在行事上太缺
少经验了。(同下)

第五场　荒野

【雷鸣。三女巫上，与赫凯娣相遇。

女巫甲　　嗳哟，赫凯娣！您在发怒哩。

赫　　我不应该发怒吗，你们这些放肆大胆的丑婆子？你们怎么敢用哑谜和有关生死的秘密和麦克佩斯交通；我是你们魔法的总管，一切的灾祸都由我主持支配，你们却不通知我一声，让我也来显一显我们的神通？而且你们所干的事，都只是为了一个刚愎自用，残忍忮刻的人；他像所有的世人一样，只知道自己的利益，一点不是对你们存着什么好意。可是现在你们必须补赎你们的过失：快去，天明的时候，在阿契隆的地坑附近会我，他将要到那边来探询他的命运；把你们的符咒魔蛊和一切应用的东西预备齐整，不得有误。我现在乘风而去；今晚我要用整夜的工夫，布置出一场悲惨的结果；在正午以前，必须完成大事。月亮角上挂着一颗湿淋淋的露珠，我要在它没有堕地以前把它摘取，用魔术提炼

以后，就可以凭着它呼灵召鬼，让种种虚妄的幻影

迷乱了他的本性：他将要藐视命运，唾斥死生，超

越一切的情理，排弃一切的疑虑，执着他的不可能

的希望；你们都知道自信是人类最大的仇敌。（内

歌声，"来呀，来呀，……"）听！他们在叫我啦；

我的小精灵们，瞧，他们坐在云雾之中，在等着我

呢。（下）

女巫甲 　　来，我们赶快；她就要回来的。（同下）

第六场　福累斯，王宫中一室

【凌诺克斯及另一贵族上。

凌　　您现在才想起我从前的话，那些话是还可以进一步
　　　解释的；我只觉得事情有些古怪。仁厚的邓根被麦
　　　克佩斯所哀悼；邓根是已经死去的了。勇敢的班戈
　　　不该在深夜走路，您也许可以说，要是您愿意这么
　　　说的话，他是被弗利安斯杀死的，因为弗利安斯已
　　　经逃匿无踪；人总不应该在夜深的时候走路。那一
　　　个人不以为玛尔康唐纳本杀死他们仁慈的父亲，是
　　　一件多么惊人的巨变？万恶的行为！麦克佩斯为了
　　　这件事多么痛心：他不是乘着一时的忠愤，把那两
　　　个酗酒贪睡的溺职卫士杀了吗？那件事干得不是很
　　　忠勇的吗？嗯，而且也干得很聪明；因为要是人家
　　　听见他们抵赖他们的罪状，谁都会怒从心起的。所
　　　以，我说，他把一切事情处分得很好；我想要是邓
　　　根的两个儿子也给他拘留起来，——上天保佑他们
　　　不会落在他的手里，——他们就会知道向自己的父

亲行弑，必须受到怎样的报应；弗利安斯也是一样。

可是这些话别提啦，我听说迈克特夫因为出言不逊，

又不出席那暴君的宴会，已经受到贬辱。您能够告

诉我他现在在什么地方吗？

贵族　被这暴君篡逐出亡的邓根世子现在寄身在英国宫庭

之中，谦恭的爱德华对他非常优待，一点不因为他

处境颠危而减削了敬礼。迈克特夫也到那边去了，

他的目的是要请求贤明的英王协力激励诺腾勃兰和

好战的薛华特，使他们秉承王命，出兵相援，帮助

我们恢复已失的自由，使我们仍旧能够享受食桌上

的盛馔和酣畅的睡眠，不再畏惧宴会中有沾血的刀

剑，让我们能够一方面输忠效信，一方面安受爵赏

而心无疑虑：这一切都是我们现在所渴望而求之不

得的。这一个消息已经使我们的王上大为震怒，他

正在那儿准备作战了。

凌　　他有没有差人到迈克特夫那儿去？

贵族　他已经差人去过了；他的话说得很决裂。那面有忧

色的使者没有明白告诉我他说些什么话，只是转身

吟哦，好像说，"你给我这样的答复，看着吧，你

一定会自食其果。"

凌　　　那很可以叫他留心留心远避当前的祸害。但愿什么
　　　　神圣的天使飞到英国的宫庭里，预先把他的信息带
　　　　来给我们，让上天的祝福迅速回到我们这一个在毒
　　　　手压制下备受苦难的国家！

贵族　　我愿意为他祈祷。（同下）

第四幕

不可一世的暴君，莫下你的安若泰山的基业吧，因为正义的力量不敢向你诛讨！

第一场　山洞；中置沸镬

【雷鸣。三女巫上。

女巫甲　　斑猫已经叫过三声。

女巫乙　　刺猬已经啼了四次。

女巫丙　　怪鸟在鸣啸：时候到了，时候到了。

女巫甲　　绕釜环行火融融，

　　　　　　毒肝腐脏置其中。

　　　　　　虾蟆蛰眠寒石底，

　　　　　　三十一日夜相继，

　　　　　　汗出淋漓化毒浆，

　　　　　　投之鼎镬沸为汤。

三女巫合　不惮辛劳不惮烦，

　　　　　　釜中沸沫已成澜。

女巫乙　　沼地蟒蛇取其肉，

　　　　　　脔以为片煮至熟；

　　　　　　蝾螈之目青蛙趾，

蝙蝠之毛犬之齿，

蝮舌如叉蚯蚓刺，

蜥蜴之足枭之翅，

炼为毒蛊鬼神惊，

扰乱人世无安宁。

三女巫合 不惮辛劳不惮烦，

釜中沸沫已成澜。

女巫丙 豺狼之牙巨龙鳞；

千年巫尸貌狰狞；

海底抉出鲨鱼胃；

夜掘毒芹根块块；

杀犹太人摘其肝；

剖山羊胆汁潺潺；

雾黑云深月蚀时，

潜携斤斧劈杉枝；

娼妇弃儿死道间，

断指持来血尚殷；

土耳其鼻鞑靼唇，

烈火糜之煎作羹；

猛虎肝肠和鼎内，

炼就妖丹成一味。

三女巫合 不惮辛劳不惮烦，

釜中沸沫已成澜。

女巫乙 炭火将残盅将成，

猩猩滴血盅方凝。

【赫凯娣上。

赫 善哉两曹功不浅，

颁赏酬劳利泽遍。

于今绕釜且歌吟，

摄人魂魄荡人心。（音乐，众唱幽灵之歌。）

女巫乙 拇指怦怦动，

必有恶人来；

既来皆不拒，

洞门敲自开。

【麦克佩斯上。

麦　　啊，你们这些神秘的幽冥的夜游的婆子！你们在干
　　　些什么？

众巫　　一件没有名义的行动。

麦　　凭着你们的职业，我吩咐你们回答我，不管你们的
　　　知识是从那里得来的：即使你们的嘴里会放出狂风，
　　　让它们向教堂猛击；即使汹涌的波涛会把航海的船
　　　只颠覆吞噬；即使谷物的叶片会倒折在田亩上，树
　　　木会连根拔起；即使城堡会向它们的守卫者的头上
　　　倒下；即使宫殿和金字塔都会倾圮；即使大自然所
　　　孕育的一切灵奇完全归于毁灭，我也要你们回答我
　　　的问题。

女巫甲　　说。

女巫乙　　你问吧。

女巫丙　　我们可以回答你。

女巫甲　　你愿意从我们嘴里听到答复呢，还是愿意让我
　　　们的主人们回答你？

麦　　叫他们出来；让我见见他们。

女巫甲　　母猪九子贪其豚，

血浇火上焰生腥；

杀人恶犯上刑场，

汗脂投火发凶光。

众巫合　　　鬼王鬼卒火中来，

现形作法莫惊猜。

【雷鸣。第一鬼魂出现，为一戴盔之头。

麦　　告诉我，你这不可思议的力量，——

女巫甲　　　他知道你的心事；听他说，你不用开口。

鬼魂甲　　　麦克佩斯！麦克佩斯！麦克佩斯！留心迈克特

夫；留心费辅爵士。放我回去。够了。（隐入地下）

麦　　不管你是什么精灵，我感谢你的忠言警告；你已经

一语道破了我的忧虑。可是再告诉我一句话，……

女巫甲　　　他是不受命令的。这儿又来了一个，比第一个

法力更大。

【雷鸣。第二鬼魂出现；为一流血之小儿。

鬼魂乙　　麦克佩斯！麦克佩斯！麦克佩斯！——

麦　　我要是有三张耳朵，我的三张耳朵都会听着你。

鬼魂乙　　你要残忍，勇敢，坚决；你可以把人类的力量付之一笑，因为没有一个在妇人腹中生长的人可以伤害麦克佩斯。（隐入地下）

麦　　那么尽管活下去吧，迈克特夫；我何必惧怕你呢？可是我要使确定的事实加倍确定，从命运手里接受切实的保证：我还是要你死，让我可以斥胆怯的恐惧为虚妄，在雷电怒作的夜里也能安心睡觉。

【雷鸣。第三鬼魂出现，为一戴王冠之小儿，手持一树。

麦　　这是什么，他的模样像是一个王子，他的幼稚的头上还戴着统治的荣冠？

众巫　　静听，不要对它说话。

鬼魂丙　　你要像狮子一样骄傲而无畏，不要关心人家的怨怒，也不要担忧有谁在算计你。麦克佩斯永远不会被人打败，除非有一天勃南的树林会向邓西嫩高

山移动。（隐入地下）

麦　　那是决不会有的事；谁能够命令树木，叫它从泥土
　　　　之中拔起它的深根来呢？幸运的预兆！好！勃南的
　　　　树林不会移动，叛徒的举事也不会成功，我们巍巍
　　　　高位的麦克佩斯将要尽其天年，在他寿数告终的时
　　　　候奄然物化。可是我的心还在跳动着想要知道一件
　　　　事情；告诉我，要是你们的法术能够解释我的疑惑，
　　　　班戈的后裔会不会在这一个国土上称王？

众巫　　不要追问下去了。

麦　　我一定要知道究竟；要是你们不告诉我，愿永久的
　　　　咒诅降在你们身上！告诉我。为什么那面釜沉了下
　　　　去？这是什么声音？（吹高音笛）

女巫甲　　出来！

女巫乙　　出来！

女巫丙　　出来！

众巫合　　一见惊心，魂魄无主；

　　　　　如影而来，如影而去。

【作国王装束者八人次第上；最后一人持镜；班戈
鬼魂随其后。

麦　　　你太像班戈的鬼魂了；下去！你的王冠刺痛了我的
　　　　眼球。怎么，又是一个戴着王冠的，你的头发也跟
　　　　第一个一样。第二个过去了，第三个又跟第二个一
　　　　样。该死的鬼婆子！你们为什么让我看见这些人？
　　　　第四个！跳出来吧，我的眼睛！什么！这一连串戴
　　　　着王冠的，要到世界末日才会完结吗？又是一个？
　　　　第七个！我不要再看了。可是第八个又出现了，他
　　　　拿着一面镜子，我可以从镜子里面看见许许多多戴
　　　　王冠的人；有几个还拿着两重的宝球，三头的御杖。
　　　　可怕的景象！啊，现在我知道这不是虚妄的幻象，
　　　　因为血污的班戈在向我微笑，用手指点着他们，表
　　　　示他们就是他的子孙。（众幻影消灭）什么！真是
　　　　这样吗？

女巫甲　　　嗯，这一切都是真的；可是麦克佩斯为什么这
　　　　样呆如木鸡？来，姊妹们，让我们鼓舞鼓舞他的精
　　　　神，用最好的歌舞替他消忧解闷。我先用魔法叫空

中奏起乐来，你们就搀成一个圈子团团跳舞，让这
位伟大的君王知道我们并没有怠慢了他。（音乐。
众女巫跳舞，舞毕与赫凯娣俱隐去）

麦　　她们在那儿？去了？愿这不祥的时辰在日历上永远被
人咒诅！外面有人吗？进来！

【凌诺克斯上。

凌　　陛下有什么命令？

麦　　你看见那三个女巫吗？

凌　　没有，陛下。

麦　　她们没有打你身边过去吗？

凌　　确实没有，陛下。

麦　　愿她们所驾乘的空气都化为毒雾，愿一切相信她们
言语的人都永堕沉沦！我曾经听见奔马的声音，是
谁经过这地方？

凌　　禀陛下，刚才有两三个使者来过，向您报告迈
克特夫已经逃奔英国去了。

麦　　逃奔英国去了！

凌　　是，陛下。

麦　　时间，你早就料到我的狠毒的行为；无远弗至
　　　的恶念，一旦见之事实，就容易被人所乘；从这一
　　　刻起，我心里一想到什么，便要把它立刻实行。没
　　　有识疑的余地，我现在就要用行动表示我的意志：
　　　我要去突袭迈克特夫的城堡；把费辅攫取下来；把
　　　他的妻子儿女和一切追随他的不幸的人们一起杀
　　　死。我不能做一个傻瓜似的只会空口说大话；我必
　　　须趁着我这一个目的还没有冷淡下来以前把这件事
　　　干好。可是我不要再看见什么幻象了！那几个使者
　　　呢？来，带我去见见他们。（同下）

第二场　费辅，迈克特夫城堡

【迈克特夫夫人，迈克特夫子，及洛斯上。

迈妻　他干了什么事，要逃亡国外？

洛　您必须安心忍耐，夫人。

迈妻　他可没有一点忍耐；他的逃亡全然是发疯。我们的
行为本来是光明坦白的，可是我们的疑虑却使我们
成为叛徒。

洛　您还不知道他的逃亡究竟是明智的行为还是无谓的
疑虑。

迈妻　明智的行为！他自己高飞远走，把他的妻子儿女，
他的第宅尊位，一起丢弃不顾，这算是明智的行为
吗？他不爱我们；他没有天性之情；鸟类中最微小
的鹪鹩也会奋不顾身，和鸱鸮争斗，保护她巢中的
众雏，他心里只有恐惧没有爱；也没有一点智慧，
因为他的逃亡是完全不合情理的。

洛　好嫂子，请您节制一下自己；讲到尊夫的为人，那
么他是高尚明理而有识见的，他知道应该怎样见机

行事。我不敢多说什么；现在这种时世太冷酷无情了，我们自己还没有知道，就已经蒙上叛徒的恶名；一方面恐惧流言，一方面却不知道为何而恐惧，就像在一个风波险恶的海上漂浮，全没有一定的方向。现在我必须向您告辞；不久我会再到这儿来。最恶劣的事态总有一天告一段落，或者逐渐恢复原状。我的可爱的侄儿，祝福你！

迈妻　他虽然有父亲，却和没有父亲一样。

洛　　我是这样一个傻子，要是我再逗留下去，会叫人家笑话我，还要带累您心里难过；在立刻告辞了。（下）

迈妻　小子，你爸爸死了；你现在怎么办？你预备怎样过活？

迈子　像鸟儿一样过活，妈妈。

迈妻　什么！吃些小虫儿飞虫儿吗？

迈子　我的意思是说，我得到些什么就吃些什么，正像鸟儿们一样。

迈妻　可怜的鸟儿！你从来没有想到有人在张起网儿，布下陷阱，端整捉了你去哩。

迈子　我为什么要怕这些，妈妈？他们是不会算计可怜的小鸟的。我的爸爸并没有死，虽然您是这么说。

迈妻　不，他真的死了。你没了父亲怎么好呢？

迈子　您没了丈夫怎么好呢？

迈妻　嘿，我可以到随便那个市场上去买二十个丈夫回来。

迈子　那么您买了他们回来，还是要卖出去的。

迈妻　这刁钻的小油嘴；可是也亏你想得出来。

迈子　我的爸爸是个反贼吗，妈妈？

迈妻　嗯，他是个反贼。

迈子　怎么叫做反贼？

迈妻　反贼就是起假誓掉诳的人。

迈子　凡是反贼都是起假誓掉诳的吗？

迈妻　起假誓掉诳的人都是反贼，都应该绞死。

迈子　起假誓掉诳的都应该绞死吗？

迈妻　都应该绞死。

迈子　谁去绞死他们呢？

迈妻　那些正人君子。

迈子　那么那些起假誓掉诳的都是些傻瓜，他们有这许多人，为什么不联合起来打倒那些正人君子，把他们绞死了呢？

迈妻 哎哟，上帝保佑你，可怜的猴子！可是你没了父亲怎么好呢？

迈子 要是他真的死了，您会为他哀哭的；要是您不哭，那是一个好兆，我就可以有一个新的爸爸了。

迈妻 这小油嘴真会胡说！

【一使者上。

使者 祝福您，好夫人！您不认识我是什么人，可是我久闻夫人的令名，所以特地前来，报告您一个消息。我怕夫人目下有极大的危险，要是您愿意接受一个微贱之人的忠告，那么还是离开此地，赶快带着您的孩子们避一避的好。我这样惊吓着您，已经是够残忍的了；要是有人再要加害于您，那真是太没有人道了。上天保佑您！我不敢多耽搁时间。（下）

迈妻 叫我逃到那儿去呢？我没有做过害人的事。可是我记起来了，我是在这个世上，这世上做了恶事才会被人恭维赞美，做了好事反会被人当作危险的傻瓜；那么，唉！我为什么还要用这种婆子气的话替自己辩护，说是我没有做过害人的事呢？

【刺客等上。

迈妻　　这些是什么人？

众刺客　　你的丈夫呢？

迈妻　　我希望他是在光天化日之下，你们这些鬼东西不敢
　　　　露脸的地方。

刺客　　他是个反贼。

迈子　　你胡说，你这蓬头的恶人！

刺客　　什么！你这叛徒的孽种！（刺迈子）

迈子　　他杀死我了，妈妈；您快逃吧！（死）（迈妻呼"杀
　　　　了人啦"！下，众刺客追下）

第三场　英国，王宫前

【玛尔康及迈克特夫上。

玛　　让我们找一处没有人踪的树阴，在那边把我们胸中
　　　的悲哀痛痛快快地哭个干净吧。

迈　　我们还是紧握着利剑，像好汉子似的大踏步跨过我
　　　们颠覆了的身世吧。每一个新的黎明都听得见新媚
　　　的寡妇在哭泣，新失父母的孤儿在号啕，新的悲哀
　　　上冲霄汉，发出凄厉的回声，就像哀悼苏格兰的命
　　　运，替她奏唱挽歌一样。

玛　　我要为我所知道的一切痛哭，我还要等待机会报复
　　　我的仇恨。您说的话也许是事实。一提起这个暴君
　　　的名字，就使我们切齿腐舌，可是他曾经有过正直
　　　的名声；您对他也有很好的交情；他也还没有加害
　　　于您。我虽然年轻识浅，可是您也许可以利用我向
　　　他邀功求赏，把一头柔弱无罪的羔羊向一个愤怒的
　　　天神献祭，不失为一件聪明的事。

迈　　我不是一个奸诈小人。

玛　　麦克佩斯却是的。在尊严的王命之下，忠实仁善的
　　　人也许不得不背着天良行事，可是我必须请您原谅；
　　　您的忠诚的人格决不会因为我用小人之心去测度它
　　　而发生变化；最光明的天使也许会堕落，可是天使
　　　总是光明的；罪恶虽然可以遮蔽美德，美德仍然会
　　　露出它的光辉来。

迈　　我已经失去我的希望。

玛　　也许您的希望就失去在使我发生怀疑的地方。您为
　　　什么不告而别，丢下您的妻子儿女，那些生活中的宝
　　　贵的原动力，爱情的坚强的联系，让她们担惊受险
　　　呢？请您不要把我的多心引为耻辱，为了我自己的安
　　　全，我不能不这样顾虑。不管我心里怎样想，也许您
　　　真是一个忠义的汉子。

迈　　流血吧，流血吧，可怜的国家！不可一世的暴君，
　　　奠下你的安若泰山的基业吧，因为正义的力量不敢
　　　向你诛讨！忍受你的屈辱吧，这是你的已经确定的
　　　名分！再会，殿下；即使把这暴君掌握下的全部土
　　　地一起给我，再加上富庶的东方，我也不愿做一个

像你所猜疑我那样的奸人。

玛　　不要生气；我说这样的话，并不是完全为了不放心
　　　您。我想我们的国家呻吟在虐政之下，流泪，流血，
　　　每天都有一道新的伤痕加在旧日的疮痍之上；我也
　　　想到一定有许多人愿意为了我的权利奋臂而起，就
　　　在这里友好的英国，也已经有数千义士愿意给我助
　　　力；可是虽然这样说，要是我有一天能够把暴君的
　　　头颅放在足下践踏，或者把它悬挂在我的剑上，我
　　　的可怜的祖国却要在一个新的暴君的统治之下，滋
　　　生更多的罪恶，忍受更大的苦痛，造成更分歧的局面。

迈　　这新的暴君是谁？

玛　　我的意思就是说我自己；我知道在我的天性之中，
　　　深植着各种的罪恶，要是有一天暴露出来，黑暗的
　　　麦克佩斯在相形之下，将会变成白雪一样纯洁；我
　　　们的可怜的国家看见了我的无限的暴虐，将会把他
　　　当作一头羔羊。

迈　　踏遍地狱也找不出一个比麦克佩斯更万恶不赦
　　　的魔鬼。

玛　　我承认他嗜杀，骄奢，贪婪，虚伪，欺诈，躁急，凶

恶，一切可以指名的罪恶他都有；可是我的淫佚是没有止境的：你们的妻子，女儿，妇人，处女，都不能填满我的欲壑；我的猖狂的欲念会冲决一切节制和约束；与其让这样一个人做国王，还是让麦克佩斯统治的好。

迈　无限制的纵欲是一种虐政，它曾经颠覆了不少王位，推翻了无数君主。可是您还不必担心，谁也不能禁止您满足您的分内的欲望；您可以一方面尽情欢乐，一方面在外表上装出庄重的神气，世人的耳目是很容易遮掩过去的。我们国内尽多自愿献身的女子，无论您怎样贪欢好色，也应付不了这许多求荣希媚的娇娥。

玛　除了这一种弱点以外，在我的邪僻的心中还有一种不顾廉耻的贪婪，要是我做了国王，我一定要诛锄贵族，侵夺他们的土地；不是向这个人需索珠宝，就是向那个人需索房屋；我所有的越多，我的贪心越不知道餍足，我一定会为了图谋财富的缘故，向善良忠贞的人无端寻衅，把他们陷于死地。

迈　这一种贪婪比起少年的情欲来，它的根是更深而更有毒的，我们曾经有许多过去的国王死在它的剑下。可是您不用担心，苏格兰有足够您享用的财富，它都是属于您的；只要有其他的美德，这些缺点都不算得什么。

玛　　可是我一点没有君人之德，什么公平，正直，俭约，镇定，慷慨，坚毅，仁慈，谦恭，诚敬，宽容，勇敢，刚强，我全都没有；各种的罪恶却应有尽有，在各方面表现出来。嘿，要是我掌握了大权，我一定要把和谐的甘乳倾入地狱，扰乱世界的和平，破坏地上的统一。

迈　　啊，苏格兰，苏格兰！

玛　　你说这样一个人是不是适宜于统治？我正是做我所说那样的人。

迈　　适宜于统治！不，这样的人是不该让他留在人世的。啊，多难的国家，一个篡位的暴君握着染血的御杖高据在王座上，你的最合法的嗣君又亲口吐露了他是这样一个可咒诅的人，辱没了他的高贵的血统，那么你几时才能重见天日呢？你的父王是一个最圣明的君主；生养你的母后每天在死中过活，她

朝晚都在屈膝跪求上天的垂怜。再会！你自己供认
的这些罪恶，已经把我从苏格兰放逐。啊，我的胸膛，
你的希望永远在这儿埋葬了！

玛　　迈克特夫，只有一颗正直的心，才会有这种勃发的
忠义之情，它已经把黑暗的疑虑从我的灵魂上一扫
而空，使我充分信任你的真诚。魔鬼般的麦克佩斯
曾经派了许多说客来，想要把我诱进他的网罗，所
以我不得不着意提防；可是上帝鉴临在你我二人的
中间！从现在起，我委身听从你的指导，并且撤回
我刚才对我自己所讲的坏话，我所加在我自己身上
的一切污点，都是我的天性中所没有的。我还没有
近过女色，从来没有背过誓，即使是我自己的东西，
我也没有贪得的欲念；我从不曾失信于人，我不愿
把魔鬼出卖给他的同伴，我宝爱忠诚不亚于生命；
刚才我对自己所作的诽语，是我第一次的说谎。那
真诚的我，是准备随时接受你和我的不幸的祖国的
命令的。在你还没有到这儿来以前；年老的薛华特
已经带领了一万个战士，向苏格兰出发了。现在我
们就可以把我们的力量并合在一起；我们堂堂正正

的义师，一定可以克奏肤功。您为什么不说话？

迈　　好消息和恶消息同时传进了我的耳朵里，使我的喜
　　　　怒都失去了自主。

　　　　【一医士上。

玛　　好，等会儿再说。请问一声，王上出来了吗？

医士　　出来了，殿下；有一大群不幸的人们在等候他的医
　　　　治，他们的疾病使最高明的医士束手无策，可是上
　　　　天给他这样神奇的力量，只要他的手一触，他们就
　　　　立刻痊愈了。

玛　　谢谢您的见告，大夫。（医士下）

迈　　他说的是什么疾病？

玛　　他们都把它叫做恶病；自从我来到英国以后，我常
　　　　常看见这位善良的国王显示他的奇妙无比的本领。
　　　　除了他自己以外，谁也不知道他是怎样祈求着上天；
　　　　可是害着怪病的人，浑身肿烂，惨不忍睹，一切外
　　　　科手术所无法医治的，他只要嘴里念着祈祷，用一
　　　　枚金章亲手挂在他们的颈上，他们便会霍然痊愈；

据说他这种治病的天能，是世世相传永袭罔替的。除了这种特殊的本领以外，他还是一个天生的预言者，而且具有各种值得讴歌的美德。

迈　　瞧，谁来啦！

玛　　是我们国里的人；可是我还认不出他是谁。

【洛斯上。

迈　　我的贤弟，欢迎。

玛　　我现在认识他了。好上帝，赶快除去使我们成为陌路之人的那一层隔膜吧！

洛　　阿们，殿下。

迈　　苏格兰还是原来那样子吗？

洛　　唉！可怜的祖国！它简直不敢认识它自己。它不能再称为我们的母亲，只是我们的坟墓；除了昏昏噩噩，一无所知的人以外，谁的脸上也不曾有过一丝笑容；叹息，呻吟，震撼天空的呼号，都是日常听惯的声音，不再能引起人们的注意；剧烈的悲哀变成一般的风气；葬钟敲响的时候，谁也不再关心它

是为谁而鸣；善良人的生命往往在他们帽上的花朵

还没有枯萎以前就化为朝露。

迈　啊！太巧妙，也是太真实的描写！

玛　最近有什么可为痛心的事情？

洛　一小时以前的变故，在叙述者的嘴里就已经变成陈

迹了；每一分钟都产生新的祸难。

迈　我的妻子安好吗？

洛　呃，她很安好。

迈　我的孩子们呢？

洛　也很安好。

迈　那暴君还没有毁坏她们的平和吗？

洛　没有；当我离开她们的时候，她们是很平安的。

迈　不要吝惜你的言语；究竟怎样？

洛　当我带着沉重的消息，预备到这儿来传报的时候，

一路上听见谣传，说是许多有名望的人都已经纷纷

去位；这种谣言照我想起来是很可靠的，因为我亲

眼看见那暴君的肆虐。现在是应该出动全力，挽救

祖国沦夷的时候了；你们要是在苏格兰出现，可以

使男人们个个变成军士，使女人们愿意为了从她们

的困苦之下获得解放而奋斗。

玛　我们正要回去，让这消息作为他们的安慰吧。友好的英国已经借给我们薛华特将军和一万兵士，所有基督教的国家里找不出一个比他更老练更优秀的军人。

洛　我希望我也有同样好的消息给你们！可是我所要说的话，是应该把它在荒野里呼喊，不让它钻进人们耳中的。

迈　它是关于那方面的？还是和大众有关的呢？还是一二个人的单独的不幸？

洛　天良未泯的人，对于这件事谁都要觉得像自己身受一样伤心，虽然你是最感到切身之痛的一个。

迈　倘然那是有关于我的事，那么不要瞒过我；快让我知道了吧。

洛　但愿你的耳朵不要从此永远憎恨我的舌头，因为它将要让你听见你有生以来所听到的最惨痛的声音。

迈　哼，我猜到了。

洛　你的城堡受到袭击；你的妻子和儿女都惨死在野蛮的刀剑之下；要是我把他们的死状告诉你，那么不但他们已经成为猎场上被杀害的驯鹿，就是你也要痛不欲生的。

玛　　慈悲的上天！什么，朋友！不要把你的帽子拉下来
　　　遮住你的额角；用言语把你的悲伤倾泄出来吧；无
　　　言的哀痛是会向那不堪重压的心低声耳语，叫它裂
　　　成片片的。

迈　　我的孩子也都死了吗？

洛　　妻子，孩子，仆人，凡是被他们找得到的，杀得一
　　　个不存。

迈　　我却必须离开那里！我的妻子也被杀了吗？

洛　　我已经说过了。

玛　　请宽心吧；让我们用壮烈的复仇做药饵，治疗这一
　　　段惨酷的悲痛。

迈　　他自己没有儿女。我的可爱的宝贝们都死了吗？你说
　　　他们一个也不存吗？啊，地狱里的恶鸟！一个也不
　　　存？什么！我的可爱的鸡雏们和他们的母亲一起葬
　　　送在毒手之下了吗？

玛　　放出丈夫的气概来。

迈　　我要放出丈夫的气概来；可是我不能抹杀我的人类
　　　的感情。我怎么能够把我所最宝爱的人置之度外，

不去想念他们呢？难道上天看见这一幕惨剧，而不对他们抱同情吗？罪恶深重的迈克特夫！他们都是为了你的缘故而死于非命。我真该死，他们没有一点罪过，只是因为我自己不好，无情的屠戮才会降临到他们的身上。愿上天给他们安息！

玛　　把这一桩仇恨作为磨快你的剑锋的砥石；让哀痛变成愤怒；不要让你的心麻木下去，激起它的怒火来吧。

迈　　啊！我可以一方面让我的眼睛里流着妇人之泪，一方面让我的舌头发出大言壮语。可是仁慈的上天，求你撤除一切中途的障碍，让我跟这苏格兰的恶魔正面相对，使我的剑能够刺到他的身上；要是我放他逃走了，那么上天饶恕他吧！

玛　　这几句话说得很像个汉子。来，我们见国王去；我们的军队已经调齐，一切全备，只待整装出发。麦克佩斯气数将绝，天诛将至；黑夜无论怎样悠长，白昼总会到来。（同下）

第五幕

熄灭了吧，熄灭了吧，
短促的烛光！人生不过
是一个行走的影子。

第一场　邓西嫩，城堡中一室

【一医士及一侍女上。

医士　我已经陪着你看守了两夜，可是一点不能证实你的
　　　报告。她最后一次晚上起来行动是在什么时候？

侍女　自从王上出征以后，我曾经看见她从床上起来，披
　　　上睡衣，开了橱门上的锁，拿出信纸，把它折起来，
　　　在上面写了字，读了一遍，然后把信封好，再回到
　　　床上去；可是在这一段时间里，她始终睡得很熟。

医士　这是心理上的一种重大的扰乱，一方面入于睡眠的
　　　状态，一方面还能像醒着一般做事。在这种睡眠不
　　　安的情形之下，除了走路和其他动作以外，你有没
　　　有听见她说过什么话？

侍女　大夫，那我可不能背着她告诉您。

医士　你不妨对我说，而且应该对我说。

侍女　我不能对您说，也不能对无论什么人说，因为没有
　　　一个见证可以证实我的话。

【麦克佩斯夫人持烛上。

侍女　您瞧！她来啦。这正是她往常的样子；凭着我的生命起誓，她现在睡得很熟。留心看好她；站近一些。

医士　她怎么会有那枝蜡烛？

侍女　那就放在她的床边；她的寝室里通宵点着灯火，这是她的命令。

医士　你瞧，她的眼睛开着呢。

侍女　嗯，可是她的视觉却关闭着。

医士　她现在在干什么？瞧，她在擦她的手。

侍女　这是她的一个惯常的动作，好像在洗手似的。我曾经看见她这样擦了足有一刻钟的时间。

麦妻　可是这儿还有一点血迹。

医士　听！她说话了。我要把她的说话记下来，免得忘记。

麦妻　去，该死的血迹！去吧！一点，两点。啊，那么现在可以动手了。地狱里是这样幽暗！呸，我的爷，呸！你是一个军人，也会害怕吗？既然谁也不能奈何我们，为什么我们要怕被人知道？可是谁想得到这老头儿会有这么多的血？

医士　你听着没有？

麦妻　费辅爵士从前有一个妻子；现在她在那儿？什么！
这两只手再也不会干净了吗？算了，我的爷，算了；
你这样大惊小怪，把事情都弄糟了。

医士　说下去，说下去；你已经知道你所不应该知道的事。

侍女　我想她已经说了她所不应该说的话；天知道她心里
有些什么秘密。

麦妻　这儿还是有一股血腥气；所有阿剌伯的香料都不能
叫这小手变得香一点。啊！啊！啊！

医士　这一声叹息多么沉痛！她的心里蕴蓄着无限的凄苦。

侍女　我不愿为了身体上的尊荣，而让我的腔子里装着这
样一颗心。

医士　好，好，好。

侍女　但愿一切都是好好的，大夫。

医士　这种病我没有法子医治。可是我知道有些曾经在睡
梦中走动的人，都是很虔敬地寿终正寝。

麦妻　洗净你的手，披上你的睡衣；不要这样脸无人色。
我再告诉你一遍，班戈已经下葬了；他不会从坟墓
里出来的。

医士　有这等事？

麦妻　睡去，睡去；有人在打门哩。来，来，来，来，让
　　　　我搀着你。事情已经干了就算了。睡去，睡去，
　　　　睡去。（下）

医士　她现在要去上床了吗？

侍女　就去上床。

医士　外边很多骇人听闻的传说。反常的行为引起了反常
　　　　的纷扰；良心负疚的人往往会向无言的衾枕泄漏他
　　　　们的秘密；她需要教士的训诲甚于医士的诊视。上
　　　　帝，上帝饶恕我们一切世人！留心照料她；避免一
　　　　切足以使她烦恼的根源，随时注视着他。好，晚安！
　　　　她扰乱了我的心，迷惑了我的眼睛。我心里所想到
　　　　的，却不敢把它吐出嘴唇。

侍女　晚安，好大夫。（各下）

第二场　邓西嫩附近乡野

　　【旗鼓前导，孟底士，凯士纳斯，安格斯，凌诺克
　　斯及军士等上。

孟　　英国军队已经迫近，领军的是玛尔康，他的叔
　　　父薛华特，和迈克特夫三人，他们的胸头燃起着复
　　　仇的怒火；即使奄奄垂毙的人，这种痛入骨髓的仇
　　　恨也会激起他溅血的决心。

安　　在勃南森林附近，我们将要和他们相见；他们正在
　　　望那条路上过来。

凯　　谁知道唐纳本是不是跟他的哥哥在一起？

凌　　我可以确实告诉你，将军，他不在一起。我有一张
　　　他们军队里上级将领的名单，里面有薛华特的儿子，
　　　还有许多初上战场，乳臭未干的少年。

孟　　那暴君有什么举动？

凯　　他把邓西嫩防御得非常坚固。有人说他疯了；对他
　　　比较没有什么恶感的人，却说那是一个猛士的愤怒；
　　　可是他不能自己约束住他的惶乱的心情，却是一件

无疑的事实。

安　现在他已经感觉到他的暗杀的罪恶紧黏在他的手
　　上；每分钟都有一次叛变，谴责他的不忠无义；受
　　他命令的人，都不过听令而行，并不是出于对他的
　　忠诚；现在他已经感觉到他的尊号罩在他的身上，
　　就像一个矮小的偷儿穿了一件巨人的衣服一样拖手
　　绊脚。

孟　他自己的灵魂都在谴责它本身的存在，谁还能怪他
　　的昏乱的知觉怔忡不安呢。

凯　好，我们整队前进吧；我们必须认清谁是我们应该
　　服从的人。为了拔除祖国的沉痼，让我们准备和他
　　共同流尽我们的最后一滴血。

凌　否则我们也愿意喷掷我们的热血，灌溉这一朵国家
　　主权的娇花，淹没那凭陵它的野草。向勃南进军！

　　（众列队行进下）

第三场　邓西嫩，城堡中一室

【麦克佩斯，医士，及侍从等上。

麦　　不要再告诉我什么消息；让他们一个个逃走吧；除非勃南的森林会向邓西嫩移动，我是不知道有什么事情值得害怕的。玛尔康那小子算得什么？他不是妇人所生的吗？预知人类死生的精灵曾经这样向我宣告："不要害怕，麦克佩斯；没有一个在妇人腹中生长的人可以加害于你。"那么逃走吧，不忠的爵士们，去跟那些饕餮的英国人在一起吧。我的头脑，永远不会被疑虑所困扰，我的心灵永远不会被恐惧所震荡。

【一仆人上。

麦　　魔鬼罚你变成炭团一样黑，你这脸色惨白的狗头！你从那儿得来的这一副呆鹅的蠢相？

仆　　有一万——

麦　　一万头鹅吗，狗才？

仆　　一万个兵，陛下。

麦　　去刺破你自己的脸，把你那吓得毫无血色的两
　　　颊染一染红吧，你这鼠胆的小子。什么兵，蠢才？
　　　该死的东西！瞧你吓得脸孔像白布一般。什么兵，
　　　不中用的奴才？

仆　　禀陛下，是英国兵。

麦　　不要让我看见你的脸。（仆下）西登！——我心里
　　　很不舒服，当我看见——喂，西登！——这一次的
　　　战争也许可以使我从此高枕无忧，也许可以立刻把
　　　我倾覆。我已经活得够长久了；我的生命已经日就
　　　枯萎，像一张凋谢的黄叶；凡是老年人所应该享有
　　　的尊荣，爱敬，服从，和一大群的朋友，我是没有
　　　希望再得到的了；代替这一切的，只有低声而深刻
　　　的咒诅，口头上的恭维，和一些违心的假话。西登！

【西登上。

西　　陛下有什么吩咐？

麦　　还有什么消息没有？

西　　陛下，刚才所报告的消息，全都证实了。

麦　　我要战到我的全身不剩一块好肉。给我拿战铠来。

西　　现在还用不到哩。

麦　　我要把它穿起来。加派几匹马，到全国各处巡回查
　　　察，要是有谁嘴里提起了一句害怕的话，就把他吊
　　　死。给我拿战铠来。大夫，你的病人今天怎样？

医士　回陛下，她并没有什么病，只是因为思虑太过，继
　　　续不断的幻想扰乱了她的神经，使她不得安息。

麦　　替她医好这一种病。你难道不能诊治一个病态的心
　　　理，从记忆中拔去一桩根深蒂固的忧郁，拭掉那写
　　　在脑筋上的烦恼，用一种使人忘却一切的甘美的
　　　药剂，把那堆满在胸间，重压在心头的积毒扫除
　　　干净吗？

医士　那还是要仗病人自己设法的。

麦　　那么把医药丢给狗子吧；我不要仰仗它。来，替我
　　　穿上战铠；给我拿指挥杖来。西登，把我的命令传
　　　出去。——大夫，那些爵士们都背了我逃走了。——
　　　来，快去。——大夫，要是你能够用全国的水替她

洗去病根，使她回复原来的健康，我一定要使太空之中充满着我对你的赞美的回声。——喂，把它脱下了。——什么大黄肉桂，什么清泻的药剂，可以把这些英国人驱走呢？你听见关于他们的消息吗？

医士　是的，陛下；您的森严的防卫告诉了我们一些消息。

麦　　你要是听见什么就来告诉我。除非勃南森林会向邓西嫩移动，我对死亡和毒害都没有半分惊恐。

医士　（旁白）要是我能够从邓西嫩远远离开，高官厚禄再也诱不动我回来。（同下）

第四场　勃南森林附近的乡野

【旗鼓前导，玛尔康，薛华特父子，迈克特夫，孟
底士，凯士纳斯，安格斯，凌诺克斯，洛斯，及军
士等列队行进上。

玛　　诸位贤卿，我希望大家都能够安枕而寝的日子已经
不远了。

孟　　那是我们一点没有疑惑的。

薛　　前面这一座是什么树林？

孟　　勃南森林。

玛　　每一个军士都砍下一根树枝来，把它举起在各人的
面前；这样我们可以隐匿我们全军的人数，让敌人
无从知道我们的实力。

军士等　　得令。

薛　　我们所得到的情报，都说那自信的暴君仍旧在邓西
嫩深居不出，等候我们兵临城下。

玛　　这是他的唯一的希望；因为在他手下的人，不论地

117

　　　　位高低，一找到机会都要叛弃他，他们接受他的号令，

　　　　都只是出于被迫，并不是自己心愿。

迈　　让我们用坚毅的战士精神，执行我们惩凶诛暴的正

　　　　义的使命。

薛　　我们这一次的胜败得失，不久就可以分晓。口头的

　　　　推测不过是一些悬空的希望，实际的行动才能够产

　　　　生决定的结果，大家奋勇前进吧！（众列队行进下）

第五场　邓西嫩，城堡内

【旗鼓前导，麦克佩斯，西登，及军士等上。

麦　　把我们的旗帜悬挂在城墙外面；到处仍旧是一片"他们来了"的呼声；我们这座城堡防御得这样坚强，还怕他们的围攻吗？让他们到这儿来，等饥饿和瘟疫来把他们收拾去了吧。倘不是我们自己的军队也倒了戈跟他们联合在一起，我们尽可以挺身出战，把他们赶回老家去。（内妇女哭声）那是什么声音？

西　　是妇女们的哭声，陛下。（下）

麦　　我简直已经忘记了恐惧的滋味。从前一声晚间的哀叫，可以把我吓出一身冷汗，一根头发的落下，都会使我惊惶惴恐，好像它的里面藏着我的生命一样。现在我已经饱尝无数的恐怖；我的习惯于杀戮的思想，再也没有什么悲惨的事情可以使它惊悚了。

【西登重上。

麦　　　那哭声是为了什么事？

西　　　陛下，王后死了。

麦　　　她应该迟一点再死；现在不是应该让我听见这一个
　　　　消息的时候。明天，明天，再一个明天，一天接着
　　　　一天地蹑步前进，直到最后一秒钟的时间；我们所
　　　　有的昨天，不过替傻子们照亮了到死亡的土壤中去
　　　　的路。熄灭了吧，熄灭了吧，短促的烛光！人生不
　　　　过是一个行走的影子，一个在舞台上指手划脚的拙
　　　　劣的伶人，登场了片刻，就在无声无臭中悄然退下；
　　　　它是一个愚人所讲的故事，充满着喧哗和骚动，找
　　　　不到一点意义。

　　　　【一使者上。

麦　　　你要来播弄你的唇舌；有什么话快说。

使者　　陛下，我应该向您报告我以为我所看见的事，可是
　　　　我不知道应该怎样说起。

麦　　　好，你说吧。

使者　　当我站在山头守望的时候，我向勃南一眼望过去，

好像那边的树木都在开始行动了。

麦　说谎的奴才!

使者　要是没有那样一回事，我愿意悉听陛下的惩处；在这三哩路以内，您可以看见它向这边过来；一座活动的树林。

麦　要是你说了谎话，我要把你活活吊在树上，让你饥饿而死；要是你的话是真的，我也希望你给我吊死了吧。我的决心已经有些摇动，我开始怀疑起那魔鬼所说的似是而非的暧昧的谎话了；"不要害怕，除非勃南森林会到邓西嫩来；"现在一座树林真的到邓西嫩来了。披上武装，出去! 他所说的这种事情要是果然出现，那么逃走固然逃走不了，留在这儿也不过坐以待毙。我现在开始厌倦白昼的阳光，但愿这世界早一点崩溃。敲起警钟来! 吹吧，狂风! 来吧，灭亡! 就是死我们也要捐命沙场。（同下）

第六场　同前，城堡前平原

【旗鼓前导，玛尔康，老薛华特，迈克特夫等率军

　队各持树枝上。

玛　　　现在已经相去不远；把你们树叶的幕障抛下，现出

　　　　你们威武的军容来。尊贵的叔父，请您带领我的兄

　　　　弟，您的英勇的儿子，先去和敌人交战；其余的一

　　　　切统归尊贵的迈克特夫跟我两人负责部署。

薛　　　再会。今天晚上我们只要找得到那暴君的军队，一

　　　　定要跟他们争一个你死我活。

迈　　　把我们所有的喇叭一起吹起来；鼓足了你们的衷气，

　　　　把流血和死亡的消息吹进了敌人的耳中。（同下）

第七场　同前，平原上的另一部分

【号角声。麦克佩斯上。

麦　　他们已经缚住我的手脚；我不能逃走，可是我必须像熊一样挣扎到底。那一个人不是在妇人腹中生长的？除了这样一个人以外，我还怕什么人。

【小薛华特上。

小薛　你叫什么名字？

麦　　我的名字说出来会吓坏了你。

小薛　即使你给自己取了一个比地狱里的魔鬼更炽热的名字，也吓不倒我。

麦　　我就叫麦克佩斯。

小薛　魔鬼自己也不能向我的耳中说出一个更可憎恨的名字。

麦　　他也不能说出一个更可怕的名字。

小薛　胡说，你这可恶的暴君；我要用我的剑证明你的说诳。（二人交战，小薛被杀）

麦　你是妇人所生的；我瞧不起一切妇人之子手里的刀剑。（下）

【号角声。迈克特夫上。

迈　那喧声是在那边。暴君，露出你的脸来；要是你已经被人杀死，等不及我来取你的性命，那么我的妻子儿女的阴魂一定不会放过我。我不能杀害那些被你雇佣的倒霉的士卒；我的剑倘不能刺中你，麦克佩斯，我宁愿让它闲置不用，保全它的锋刃，把它重新插回鞘里。你应该在那边；这一阵高声的呐喊，好像是宣布什么重要的人物上阵似的。命运，让我找到他吧！我没有此外的奢求了。（下。角号声）

【玛尔康及老薛华特上。

薛　这儿来，殿下；那城堡已经拱手纳降。暴君的人民有的帮这一面，有的帮那一面；英勇的爵士们一个个出力奋战；您已经胜算在握，大势就可以决定了。

玛　　我们曾经看见敌人阵中，有的在那儿自相残杀。

薛　　殿下，请进堡里去吧。（同下。号角声）

【麦克佩斯重上。

麦　　我为什么要学那些罗马人的傻样子，死在我自己的
　　　剑上呢？我的剑是应该为杀敌而用的。

【迈克特夫重上。

迈　　转过来，地狱里的恶狗，转过来！

麦　　我在一切人中间，最不愿意看见你。可是你回去吧，
　　　我的灵魂里沾着你一家人的血，已经太多了。

迈　　我没有话说；我的话都在我的剑上，你这没有一个
　　　名字可以形容你的狠毒的恶贼！（二人交战）

麦　　你不过白费了气力；你要使我流血，正像用你锐利
　　　的剑锋在空气上划一道痕迹一样为难。让你的刀刃
　　　降落在别人的头上吧；我的生命是有魔法保护的，
　　　没有一个在妇人腹中生长的人可以把它伤害。

迈　不要再信任你的魔法了吧；让你所信奉的神告诉你，迈克特夫是没有足月就从他的母亲的腹中堕下来的。

麦　愿那告诉我这样的话的舌头永受咒诅，因为它使我失去了男子汉的勇气！愿这些欺人的魔鬼再也不要被人相信，他们用模棱两可的话愚弄我们，虽然句句应验，却完全和我们原来的期望相反。我不愿跟你交战。

迈　那么投降吧，懦夫，我们可以饶你活命，可是要叫你在众人的面前出丑：我们要把你当作一头稀有的怪物一样，把你缚在柱上，涂上花脸，下面写着，"请看暴君的原形"。

麦　我不愿投降，我不愿低头吻那玛尔康小子足下的泥土，被那些下贱的民众任意唾骂。虽然勃南森林已经到了邓西嫩，虽然今天和你狭路相逢，你偏偏不是在妇人腹中生长的，可是我还要擎起我的雄壮的盾牌，尽我最后的力量。来，迈克特夫，谁先喊"住手，够了！"的，让他永远在地狱里沉沦。（二人且战且下）

【吹退军号。喇叭奏花腔。旗鼓前导，玛尔康，老

薛华特，洛斯，众爵士，及军士等重上。

玛　　我希望我们所失去的朋友，都能够安然到来。

薛　　总有人免不了成为牺牲；可是照我看见眼前这些人
　　　说起来，我们这次重大的胜利所付的代价是很小的。

玛　　迈克特夫跟您的英勇的儿子都失踪了。

洛　　老将军，令郎已经尽了一个军人的责任；他刚刚活
　　　到成人的年龄，就用他的一往无前的战斗精神证明
　　　了他的勇力，像一个男子汉似的死了。

薛　　那么他已经死了吗？

洛　　是的，他的尸体已经从战场上搬去。他的死是一桩
　　　无价的损失，您必须勉抑哀思才好。

薛　　他的伤口是在前面的吗？

洛　　是的，在他的胸前。

薛　　那么愿他成为上帝的军士！要是我有像头发一样多
　　　的儿子，我也不希望他们得到一个更光荣的结局；
　　　这就作为他的丧钟吧。

玛　　他是值得我们更深的悲悼的，我将向他致献我的哀思。

薛　　他已经得到他最大的酬报；他们说，他死得很英勇，

他的责任已尽；愿上帝与他同在！又有好消息来了。

【迈克特夫携麦克佩斯首级重上。

迈　　祝福，吾王陛下！瞧，篡贼的万恶的头颅已经取来；

　　　无道的虐政从此推翻了。我看见全国的英俊拥绕在

　　　你的周围，他们心里都在发出跟我同样的敬礼；现

　　　在我要请他们陪着我高呼：祝福，苏格兰的国王！

众　　祝福，苏格兰的国王！（喇叭奏花腔）

玛　　多承各位拥戴，论功行赏，在此一朝。各位爵士国戚，

　　　从现在起，你们都得到了伯爵的封号，在苏格兰你

　　　们是最初享有这样封号的人。在这去旧布新的时候，

　　　我们还有许多事情要做；那些因为逃避暴君的罗网

　　　而出亡国外的朋友们，我们必须召唤他们回来；这

　　　个屠夫虽然已经死了，他的魔鬼一样的王后，据说

　　　也已经亲手杀害了自己的生命，可是帮助他们杀人

　　　行凶的党羽，我们必须一一搜捕，处以极刑；此外

　　　一切必要的工作，我们都要按照着上帝的旨意，分

　　　别处理。现在我要感谢各位的相助，还要请你们陪

　　　我到斯贡去，参与加冕的盛典。（喇叭奏花腔。众下）

附

录

关于"原译本"的说明

文 / 朱尚刚

朱生豪从 1935 年做准备工作开始，历时近十年，完成了 31 部莎剧的翻译工作，虽然最终未能译完全部莎翁剧作，但已经为将这位世界文坛巨匠介绍给中国人民做出了卓越的贡献。朱生豪译莎以"保持原作之神韵"为首要宗旨，他的译作也的确实现了这个宗旨，至今仍受到读者的欢迎和学界的高度评价。

朱生豪的译莎工作是在贫病交加、极端困难的情况下进行的。日本侵略者的炮火两度摧毁了他已经完成的几乎全部译稿和辛苦搜集起来的各种莎剧版本、注释本和大量参考资料，在最后为译莎而以命相搏的时候，手头"仅有的工具书，只是两本词典——牛津词典和英汉四用辞典。既无其他可以参考的书籍，更没有可以探讨质疑的师友"。而且他当时毕竟还是一个阅历不深的年轻人，虽然有着出众的才华，然而翻译作品中存在各种各样的缺陷和疏漏是完全可以想象的。

朱生豪的遗译最早于 1947 年由世界书局出版（收入除历史剧外的剧本 27 种），以后于 1954 年由作家出版社出版了包括全部朱生豪译作的《莎士比亚戏剧集》。上世纪60年代初期，人民文学出版社组织了一批国内一流的专家对朱译莎剧进行校订和补译，原打算在1964年纪念莎翁400周年诞辰时出版完整的《莎士比亚全集》，后因各种原因一直到1978年才得以问世。

《莎士比亚全集》的出版，是我国一代莎学大师通力合作取得的划时代的成就。经校订的朱译莎剧，在很大程度上纠正了原译本因各种主客观原因而产生的缺陷和疏漏，并体现了当时在英语语言和莎学研究上的新成果，是对朱生豪译莎事业的进一步提升和完善。我对这一代莎学前辈们的努力表示真挚的感谢和崇高的敬意！

上世纪九十年代后期，为反映新时代语言的发展和新的学术成果，译林出版社再次组织专家进行了对朱译莎剧的校订，并出版了新的校订本。

校订过程中除了对一些理解或表达方面的缺疵进行修改外，反映较多的是原译本中"漏译"的内容。实际上我相信朱生豪真正因为"疏忽"而漏译的情况即使不是绝对没有，也应该是极少的。我估计，有些地方可能是因为当时的客观条件实在太差，有些地方实在难以理解又没有任何资料可以查考，因此在不影响剧本相对顺畅性的前提下只能跳过去了。

而更多的情况下是有些内容和说法似乎有点"不雅"，朱生豪出于中国传统的思维习惯，就把这些"不雅"的东西删去了。这种做法是否合适是有待商榷的，但也在一定程度上反映了那个特定的时代，特定的阶层，特定的译者的思维方式和特征。

莎士比亚的话题是说不尽的，同样，对莎士比亚的翻译和研究也是说不尽的。经校订的朱译莎剧无疑是对原译稿的改善，但从某种意义上来说，校订者和原译者的思维定式和语言习惯难免有所不同，因此也有读者感到经校订后的译文在语言风格的一致性等方面受到了影响，还有学者对某些修改之处也提出存疑。这些也是很正常的现象，再好的校订本也需要在实践和历史中经受检验，进一步地"校订"和完善。

也是出于这样的考虑，社会上对未经"校订"的朱生豪原译本也产生了相当的兴趣，希望能看到完全体现朱生豪翻译风格，能反映那个时代的语言习惯和学术水平的原译本，看到一个本色的朱生豪译本（包括他的错漏之处）。这在我们这个多元化的社会中应该是一个合理的希求。这次中国青年出版社出版这套原译本系列，正是顺应了这样一种需求，并借此来表达对我的父亲——朱生豪诞辰100周年的纪念之情。我对此表示真挚的谢意！

译者自序

（原文收录于1947年版《莎士比亚戏剧全集》）

于世界文学史中，足以笼罩一世，凌越千古，卓然为词坛之宗匠，诗人之冠冕者，其唯希腊之荷马，意大利之但丁，英之莎士比亚，德之歌德乎。此四子者，各于其不同之时代及环境中，发为不朽之歌声。然荷马史诗中之英雄，既与吾人之现实生活相去过远；但丁之天堂地狱，复与近代思想诸多抵牾；歌德去吾人较近，彼实为近代精神之卓越的代表。然以超脱时空限制一点而论，则莎士比亚之成就，实远在三子之上。盖莎翁笔下之人物，虽多为古代之贵族阶级，然彼所发掘者，实为古今中外贵贱贫富人人所同具之人性。故虽经三百余年以后，不仅其书为全世界文学之士所耽读，其剧本且在各国舞台与银幕上历久搬演而弗衰，盖由其作品中具有永久性与普遍性，故能深入人心如此耳。

中国读者耳莎翁大名已久，文坛知名之士，亦尝将其作品，译出多种，然历观坊间各译本，失之于粗疏草率者尚少，失之于拘泥生硬者实繁有徒。拘泥字句之结果，不仅原作神味，荡焉无存，甚且艰深晦涩，有若天书，令人不能卒读，此则译者之过，莎翁不能任其咎者也。

　　余笃嗜莎剧，尝首尾研诵全集至十余遍，于原作精神，自觉颇有会心。廿四年春，得前辈同事詹文浒先生之鼓励，始着手为翻绎全集之尝试。越年战事发生，历年来辛苦搜集之各种莎集版本，及诸家注释考证批评之书，不下一二百册，悉数毁于炮火，仓卒中惟携出牛津版全集一册，及译稿数本而已。厥后转辗流徙，为生活而奔波，更无暇晷，以续未竟之志。及三十一年春，目观世变日亟，闭户家居，摈绝外务，始得专心壹志，致力译事。虽贫穷疾病，交相煎迫，而埋头伏案，握管不辍。凡前后历十年而全稿完成，（案译者撰此文时，原拟在半年后可以译竟。讵意体力不支，厥功未就，而因病重辍笔）夫以译莎工作之艰巨，十年之功，不可云久，然毕生精力，殆已尽注于兹矣。

　　余译此书之宗旨，第一在求于最大可能之范围内，保持原作之神韵；必不得已而求其次，亦必以明白晓畅之字句，忠实传达原文之意趣；而于逐字逐句对照式之硬译，则未敢赞同。凡遇原文中与中国语法不合之处，往往再四咀嚼，不惜全部更易原文之结构，务使作者之命意豁然呈露，不为晦涩之字句所掩蔽。每译一段竟，必先自拟为读者，察阅译文中有无暧昧不明之处。又必自拟为舞台上之演员，审辨语调之是否顺口，音节之是否调和。一字一句之未惬，往往苦思累日。然才力所限，未能尽符理想；乡居僻陋，既无参考之书籍，又鲜质疑之师友。谬误之处，自知不免。所望海内学人，惠予纠正，幸甚幸甚！

原文全集在编次方面，不甚惬当，兹特依据各剧性质，分为"喜剧"、"悲剧"、"杂剧"、"史剧"四辑，每辑各自成一系统。读者循是以求，不难获见莎翁作品之全貌。昔卡莱尔尝云，"吾人宁失百印度，不愿失一莎士比亚。"夫莎士比亚为世界的诗人，固非一国所可独占；倘因此集之出版，使此大诗人之作品，得以普及中国读者之间，则译者之劳力，庶几不为虚掷矣。知我罪我，惟在读者。

生豪书于三十三年四月。

图书在版编目（CIP）数据

麦克佩斯 /（英）莎士比亚（Shakespeare, W.）著；
朱生豪译 . —北京：中国青年出版社，2012.4
（新青年文库·莎士比亚戏剧朱生豪原译本全集）
ISBN 978-7-5153-0589-9

I. ①麦… II. ①莎… ②朱… III. ①悲剧 – 剧本 – 英国 – 中世纪
IV. ① I561.33

中国版本图书馆 CIP 数据核字（2012）第 028839 号

书　　名：麦克佩斯
著　　者：【英】莎士比亚
译　　者：朱生豪
审　　订：朱尚刚
责任编辑：庄庸　王昕
特约策划：张瑞霞
出版发行：中国青年出版社
社　　址：北京东四十二条 21 号
邮政编码：100708
网　　址：www.cyp.com.cn
门 市 部：（010）57350370
印　　刷：三河市君旺印刷厂
经　　销：新华书店

开　　本：787×1092　1/32
印　　张：4.75
字　　数：150 千字
版　　次：2013 年 3 月北京第 1 版印刷
印　　次：2013 年 6 月河北第 2 次印刷
印　　数：3,001–6,000 册
定　　价：19.80 元

本图书如有印装质量问题，请凭购书发票与质检部联系调换
联系电话：（010）57350337